逸見猶吉

谷中から満州への軌跡

森　羅一

随想舎

逸見猶吉

谷中から満州への軌跡

昭和7年（26歳）の肖像

大学を卒業し万来社に入社した頃
『新詩論』に参画　裏面に「昭和七年三月
撮之逸見猶吉」とある（三宅宏子氏所蔵）

逸見研究について

私が逸見研究を始めたのは若いころに逸見猶吉を知って、詩集を購入し作品の読み解きが全くできず、未収録作品収集を始めたのが第一歩である。

その後、作品の第一の難所である「ウルトラマリン」の語彙の意味を導くヒントが逸見研究家の尾崎寿一郎の「ランボー追跡」予稿の中にあることを見つけた。このことから難解な詩篇が少しずつ見えてきた。これがこの第二歩である。

逸見詩は難解である。今回の研究は逸見の「誌と生活」を追跡はしたが真の逸見の声を捕まえるにはほど遠いものであった。

「第一部　資料編」は継続して行ってきた逸見の「詩と生活」の主に生活にかかわる研究資料をまとめた。

「第二部　研究編」は詩篇の読み解きと作品の背景をテーマにした。

今回の研究で、おぼろげながら書いてきた詩の概念を、逸見の軌跡を追跡することで少し知りえたことが大きな収穫であった。

これが逸見猶吉研究の概要である。

逸見猶吉　谷中から満州への軌跡　目次

第二部　研究編

【表紙・扉について】

題字「逸見猶吉」　岡崎清一郎宛書簡の署名。（昭和十一年）

背景写真　旧谷中村役場跡。ここは逸見の生家でもある。（昭和五十四年撮影）

第一部

資料編

聞き書き

一　三宅宏子さんからの聞き取り

昭和六十二年に『逸見猶吉の詩とエッセイと童話』を上梓してから東京の三宅宏子さんという人から電話があった。それは「身内でもないあなたが兄の作品を集め纏めてくれたことについて感謝したい」というものであった。話を伺っているうちに彼女が逸見の一番下の妹であることがわかった。

彼女には永井陽子という姉がいること、自身も兄の作品の収められた文学書を収集していることなどを伺った。『逸見猶吉ノオト』で妹が二人居ることは知っていたが名前までは知らなかった。後日、二人にお会いした時に、父東一の後妻みきの子として上から、三七夫、四郎、五郎、陽子、宏子があり、母みきは埼玉県大利根町弥兵エ六三六番地、平井家（現当主　平井彊氏）の出であったことがわかった。

以下話の中で得られたことを纏めたのが①〜⑤である。

①荒川船橋は有料であり、そこから日銭が上がったみたい。そのような背景もあり、母は随分兄たちには甘かった気がする。暮になると絵具屋が掛け取りによく来てた。四郎兄さんがやった「ユレカ」の経営資金も母さんが出したんだと思う。四郎兄さんと五郎兄さんの

ケンカはすごかった。岩淵の家の周りをグルグル回ってやってた。多分、あれは芸術論か何かの話のこじれだったんでしょうね。

②兄は北海道へ行ってアイヌ部落に住んでいたことがある。岩淵の家に木彫りのみやげが幾つか置いてあった。自分で彫ったものであったか、みやげ物であったのかはわからない。

③兄が家族を連れて新京に出発する日、東京駅に見送りに行った。高村光太郎さんが来てくれた。氏が入場券をたくさん買いすぎたこと、高下駄をはきマントを着ていたこと、氏の大きい手で握手されたことなどを思い出します。

④昭和十八年頃、兄の勧めもあり、私（宏子）は新京の生活必需品会社社宅に半年ぐらい同居したことがある。新京駅に出迎えて呉れた兄はカッコよかったわよ。肺結核になり満州病院に入院し、しばらくして帰国した。社宅は鉄骨レンガ造りで、暖房はスチームだったと思う。一棟二世帯で当時としてはモダンなものであった。左端の玄関から入ると廊下があり、すぐ物置、左に台所、子供部屋、四畳半、廊下をはさんで手前から八畳と六畳。社宅にはよく友人達がきていた。その中に草野心平さんなどもいたような気がする。兄は頭がよくやさしい人であった。

⑤バーユレカは牛込見附の方から見て神楽坂の中程左道沿いにあり、二階建であった。上の部屋で女給が化粧などをしていた。店は入るとすぐ右手にレジがあり、そこに静さんがいたような気がする。その他、数人の女給がいた。店の全体像、内部のディテールなどは五

郎兄さんが詳しいのでお聞き下さい。

同年の四月二十三日、永井陽子氏と三宅宏子氏が「旧谷中村を訪ねたい」と言うので案内した。車は高瀬厚久君が協力してくれて古河駅で待ち合わせして旧谷中村に向かった。駅から少し行って三国橋を渡り北上して共同墓地内にある逸見の碑を訪ねてから、遊水池の中程にある「旧谷中村及び役場跡」を訪ねた。車止めから南へしばらく歩いて左におれ少し北に戻った所、少し小高くなった所に「役場跡」の看板と当時の村役場周辺の家名の入った地図が、「旧谷中村の遺跡を守る会」の手で立てられている。

大鹿卓『谷中村事件』に「役場は堤内のほぼ中央、古川という部落にある。風除けの椎の木の壁で囲まれている大野孫右衛門の屋敷の、水塚の一棟を借りて、木の札をさげただけの、造作もない構えである」とある。

このことから想像して、大野家はここに存在していたにちがいない。その大野家跡で写真を撮り、二人は感慨深げであった。

帰路、どうしても平井家に寄ってゆきたいと言うので、さっき来た道をバックして利根川を渡り、さらにコの字形に戻ってその家を訪ねた。

三宅宏子氏は昭和十八年頃、満州に渡って、逸見の社宅にいる時に結核を患い、帰国してこの平井家で静養していたとのこと。当主の平井彊氏は快く迎えてくれ、逸見の碑の原稿（草野心平氏の筆になるウルトラマリンの一節）を見せてくれた。実質的には和田日出吉氏の建立と聞いてはいたが、細かい手配は平井氏が尽力していたのであった。供養の際、この家で関係者の宴を設けたそうである。正に逸見の母の実家はこの利根川の傍の一角にあったのである。

二　大野五郎氏からの聞き取り

同年の七月七日に突然、私の勤めている県窯業指導所（現・窯業技術支援センター）の玄関に大野五郎氏が訪ねてきた。画家仲間と成井製陶所に来ていて、近くの民宿に泊まっているとのことであった。早速、夜伺った。

スケッチブックを用意してゆき、話の途中で昭和三年に神楽坂の中程で経営したバーユレカ（ユリイカ）の絵を画いてもらった（それが、グラフィテイ（平成二年刊、『時代』23号『逸見猶吉特集』）に載せたものである）。酔っぱらったか面倒臭かったのか絵は途中で終わりになってしまったが、おぼろげながら次のようなことがわかった。坂道の端から奥へ二間半から三間ぐらいの間口で、奥行はちょっと不明だが倍ぐらいである。外観は三角材を横に打ち付けた中央にドアを付け、その右側に縦に窓が二つあって二階建。二階の窓上あたりに「BAR EUREKA」の文字。その下中央に横を向いたトランプのキングのような図案の帽子をかぶりヒゲを生やした男の顔のデザインで、色彩は赤と黒のようであった。

内部のディテールは入って左右にボックス形式の椅子とテーブル。右側奥はカウンターで、左に蓄音機があったような気がする。その奥が便所で、その辺から二階へ昇る階段があったような気がする。

大野五郎（一九一〇～二〇〇六）は明治四十三年東京府豊島郡岩淵町（現・北区岩淵町）に生まれる。目白旧制中学校を三年で中退後、二十六年に卒業後、昭和元年、川端画学校に学ぶ。昭和五年、協会洋画研究所に学ぶ。昭和六年第一回独立美術協会展で「O氏賞」受賞。昭和二十二年自由美術家協会会員となる。昭和三十九年主体美術協会を結成。作品収蔵・東京都北区文化振興財団、板橋区立美術館、広島県立美術館。平成十八年三月七日逝去。享年九十六歳。

三　大野裕史さんを訪問

毎日新聞社宇都宮支局編『鉱毒に消えた谷中村』の記事を読んで、随想舎から大野さんの連絡先を教わり、大野家を訪ねた。

平成二十七年六月二日、裕史さんの自宅で『逸見猶吉の詩とエッセイと童話』『逸見猶吉特集』（『時代』23号）を贈呈。談笑の中で次のようなことが得られた。

1　裕史さんは次男で昭和十七年生まれ、弟三男雄示さんは昭和二十年頃生まれ。裕史さんは満州から引き揚げ後、坪井家の養子となる。大野五郎さんらに世話になった。最近、大野姓を名乗るようになった（兄弟は上から多聞子、真由子、隆一の各氏）。

2　満州の記憶は父の火葬の時の火の色を覚えている。野焼きの状態であった。

3　養子先の義父は国鉄職員で早世し、義母が針仕事で苦労して養育してくれた。

4　大野五郎さんは親代わりのような存在であった。

5　参考資料

①形見の九谷焼（九谷青陶銘）呉須赤絵徳利高さ一三七ミリ×胴回り八五ミリ。中央前に吉の字が付けられている。緒方昇（逸見の友人）さんの自宅にお邪魔した時に頂いた。この徳利は昭和二十一年七月、亡くなった翌日の火葬の際、納棺された遺品（ペン、『歴程アンソロジー』、『ランボー詩集 原書』、九谷の徳利二本）の内の一つと思われる。緒方昇さんが別稿で裕史さんにあげたことを書いている。

※「関合正明資料・徳利」「筆名の由来」を参照。

②母、静さんの肖像。背中に真由子さんを負ぶい、ねんねこ袢纏姿。昭和十二～三年新京日ソ通信社勤務の頃か。

③四郎、五郎、母みきの写真。四郎、五郎五～六歳頃か。

④有料橋の頃の三国橋の写真。手前が古河で奥が下宮村（谷中村）。

⑤草野心平記念館開催の「歴程・展」での記念写真。裕史さん家族と五郎さん。

⑥「学び舎勉強会要旨」裕史さんのエッセイ。

大野裕史論旨

私には皆が言う「ふるさと」がない。「故郷」生まれた土地、ふるさと忘れがたい地と『広

逸見葬儀の時、遺品として納棺された２つの徳利のうちの１つ（大野裕史氏所蔵）

辞苑』にある。生まれは満州、誰も居ないし何も残っていない。真っ赤な大きな太陽を眺めながら野辺焼きで、父と別れたのは三歳の時であった。運良く谷中の近くの栗橋で育った。今年も渡良瀬の春の風物詩「ヨシ焼き」を妻と見に行った。土手には数千人の「プロ」「アマ」のカメラマンが、数年前の酷い凄い光景を思い浮かべ、知らない者同士がお喋りをしている。谷中村を愛し、強制廃村・哀史を伝え続けていた、谷中村の遺跡を守る会の針谷不二男さんが八十八歳でなくなった。私の父は廃村の年に生まれた。初代村長、曾祖父・大野孫右衛門は賃取舟橋や煉瓦会社など事業家として名をとどめている。最後の村長を務めた大野東一は祖父で屋敷内に村役場があって歴史が遺っている。それなりに谷中に貢献した家だと思う。「ラムサール条約」に登録が出来た。この美しい地が、売村派の子孫と言われようが、私の自慢の「ふるさと」である。

日蘇通信社について

昭和五十八年に県広報誌に書いた「修羅の人逸見猶吉」を読んで小山市の茂木　茂（繁夫）さんから連絡が来て、彼が満州新京日蘇通信社で逸見のもとで働いていたことが判明した。当時の状況を纏めて頂き文芸家協会誌『時代』に二回にわたり掲載した。以下はそれらの抜粋である。

茂木茂（繁夫）「逸見猶吉と私一～二」（昭和五十八年～平成二年）

茂木は昭和十二年十二月七日、日中事変は拡大し不況の風が吹き荒れていた頃、日蘇通信社新京支社駐在通信員募集に応募、採用された。東京～関釜連絡船～玄界灘～釜山～国際線（のぞみ）～奉天～新京の旅程で出発した。二十三歳。京城支社長の野口氏から鮮鉄パスを受け取り安東で税関手続きを真夜中に受ける。奉天で夜が明け十二月二十六日、新京に着いたのは東京を発って二日目の正午頃であった。零下30℃と言う寒さの衝撃を受けた。大野支社長を二十分近く待つ。地下道から駆け上がって来た赫ら顔の男　雪道で転倒する茂木に「大股に歩いちゃ駄目だ、小刻みに歩け」と教えて呉れた。

サモワールと言うバーとも喫茶店ともつかぬ店に入る。中は正面に長いカウンター、仄暗い証明、二重窓、幾組かのテーブル席、落ち着いた雰囲気である。ウエイターは白系ロシアの少年。黒いビール。

「どうかね、お気に召したかな、この黒いスタウトとこの店、僕のアジトなんだ」

「ところで仕事のことだが、東京では何日いた？」「十四、五日程です」「ぢゃあ、大体呑み込んでるね、君が赴任してくると連絡があったのが昨日だ。到着時間を思い違いしていたので失礼した。仕事は簡単だ。メモ屋だから向こうからメモを貰うだけ。東京に送ればあとは飲んで寝るだけロシア語も速記も必要はない。軍と政府関係は私が廻る。君には特殊会社という半官半民の会社が沢山あるのでその方を主に廻って貰う。満ソ国境地帯に支店や支社を置いてあるので結構面白いネタが入る。それを拾ってきてくれればいい。ネタは無条件で出してくれる。新聞の方には渡さないがウチには呉れる。そういうシステムになっている。もう直ぐ年末年始の休暇に入るから仕事は年が明けてからだ。軍関係だけはそういかんがね。毎日顔を出さんとまずい」取材と同じく逆にネタ通信の売り込みもあるという。社内報を持っている公社や金融関係に資料として月刊誌や年鑑の売り込みもやるという。その代金の回収仕事の内で月刊ロシヤの配本は市中の書籍店数店と官庁の売店だけ、あとは本社から直送される。北京とハルピンに支社があること。満ソ国境地域への出張もある筈とのこと。最後に

「寒さが長く続く処だ　酒でも呑み乍ら、のんびりした気分でやらないと身体がもたない」と言ってビールを一気に呑み干した。

「サモワール」はダイヤ街と言う日本人街の中心にある。支社のある安達街まではタクシーで十分程である。本社は東京の丸ビルの3階にあったが日蘇通信社新京支社は一戸建ての住宅であった。家に入り大野は寒暖計を見て「これはいかん、水道が凍る、直ぐ火を焚くからな」と言って裏口へ石炭バケツと一束の小さな薪を持ち込み「よく見て置いてくれよ。俺の留守の間は君にこれをやって貰わなければならないからな。室内温度が零度近くまで下がると水道が凍る。一度凍ったら直すのに手間がかかる」そう言って彼はペーチカの焚き口を開け灰を取り出す。石炭投入口に丸めた新聞紙を放りこみ、小さく割った木片を十本ほどその上に並べ、その上に石炭を乗せ火をつけた。焚き口の戸締め下の空気口を開けると石炭が焔をあげる。バケツ一杯の石炭を数回に分けて入れ終わると石炭が真っ赤なオキになるのを待ってペーチカの上部にある遮断板を閉じる。ペーチカ焚きの全作業である。

「明後日は内地に帰る。家族をこの家に迎えるためだ。関東軍の新聞斑に明日君を連れて行って引き合わせるが此処は毎日行って貰いたい。向こうは戦時下という体勢だからこちらも手を抜くわけにはゆかない。私が戻るまで日に一回は必ず顔を出して欲しい。あとは全部お休みだ。然し日報だけは毎日送ってくれ。米は米櫃に入っている。めしは炊いてもいいし、外食でも好きなようにしてくれ。二重窓の間にハムやソーセージが入れてある。缶詰も入っている、解氷すれば普通に食べられる。天然の冷凍庫だ」

「家族が来たら君は向こうの部屋で寝て貰うが今夜はこっちで休め」そう言って寝床を用意してくれ、ウオッカを持ってきた。「君も飲めよ　ロシヤ人の酒だ」酒を呑みながら大きな書架の横に積み上げられた『歴程』と印刷された雑誌を手にした。

「あ　それはね、僕の仲間との同人誌なんだよ。東京から二、三日前に送ってきたばかりで僕もよく読んでいない。僕の作品も掲載っているはずだが」「大野という名はありませんが」と茂木の問いかけに「逸見ならあるかな」と大野支社長が答えている。

明けて十三年一月七日、大野支社長は家族と共に安達街に戻ってきた。

真新しいねんねこの下に白い毛糸のケープを羽織りウールのショールで顔を覆った奥さんの静さんは玄関から駆け上がるように部屋に入ってくると「何て寒さなのこんな寒さの中で人間が生きられるの」と言った。背中の幼児を夜具の上にそっと下ろすと始めて茂木に気づいて「ごめんなさい　あんまりひどい寒さなんでもう驚いちやって　あたし静ですこれからよろしく」「あ　それからこの子　真由子、見苦しいと思うけど我慢してね。病気なんです。小児麻痺なんです。」と茂木に話す。

小児麻痺の幼児と大人三人の生活が始まった。仕事を早めに切り上げて支社に戻ることが多くなった。真由ちゃんの風呂、食事の担当～加護療養である。真由ちゃんは茂木に良くなついた。静さんは不思議だと喜び、文社長も上機嫌でビールを呑んでいた。長い冬が終わり、爽やかな五月を迎え真由ちゃんとの朝夕の二回の散歩は日課となり、転勤命令が来る十二月まで続けられた。茂木は京城勤務のため大野一家と別れる。戦後、茂木は浦和市（さいたま市）在住の旧職場の先輩、平井衛氏から　新京の満映の社宅で、終戦の日、割腹憤死したと言う大野四郎の消息を聞いた。しかし、三十余年後の今、病没（結核と栄養失調）と知り耳目を覆いたいおもいであったと結んでいる。

茂木　繁夫（茂）「逸見猶吉と私　其の二」（平成二年）

1　来訪者～草野心平は冬の初めに訪問している。吉野町銀座の裏通りの飲み屋「ハ寸」で三人で飲み会をした。壇一雄は大同大街のパーラーに姿を見せた。防寒服のままコーヒーを飲み、ソ満国境地帯の情報を話して呉れた。高橋新吉からの手紙には東京の師走の匂いがあった。
2　京城転属後、茂木は一年余りの京城支社勤務を辞め、新京の文部省管理下の日本学校組合に勤めた。再び大野家に転がり込んだ。その頃、大野さんは日蘇通信社を辞め特殊会社の情報関係の会社に勤めていた。半年の同居生活の後、独身寮に住み替えた。最後に大野家を訪れたのは二十年五月、現地で召集令状が来た時で二歳になった隆一君が元気に遊んでいた。真由ちゃんは病床にあった。

逸見は昭和十二年六月、日蘇通信社新京支社に赴任渡満している。茂木氏は新京支社でおよそ一年、逸見一家と生活を共にしたという点で、日蘇通信社の業務や奥さんや真由子さんについての貴重な証言である。原稿には新京駅で逸見と一緒に撮った写真も添えられている。この他、『逸見猶吉特集』に日蘇通信社新京支社とペーチカのスケッチも提供してくれた。

逸見と茂木、満州新京駅にて
昭和 13 年頃（茂木茂氏所蔵）

※茂木さんの発表名がそれぞれ茂、繁夫で異なる。本名・筆名と思える。

逸見は昭和七年に時事新報広告代理店万来社に勤務し、その後、昭和九年に日蘇通信社に勤務し、昭和十四年に生活必需品会社に勤務し、昭和十八年に関東軍報道隊員を務め、終戦直前に応召している。

菊地康雄資料

逸見猶吉の全貌に近い軌跡と資料を纏めた菊地康雄は詩人であり優れた編集者であった。終戦時に逸見と共に同人誌『飛天』を計画するが挫折する。静未亡人から遺稿の整理保管を依頼される。満州引き揚げ後、雑誌『ロマンス』の編集、『文学生活』（ジャーナリスト文芸同人誌）創刊委員、『文学者』同人・編集委員に携わる。上記二誌や『早稲田文学』に詩を発表する。この間に「萩原朔太郎」の担当執筆の時に大正から昭和詩壇史の再検討を痛感する。『現代詩の胎動期』は念願であった逸見の資料収集の過程で生まれたものである。また、『逸見猶吉ノオト』は一部であり、二部の執筆を計画していたが未完に終わったと思われる。詩集『十九歳』昭和十五年、詩集『近日點』昭和四十二年、近代詩史研究書『青い階段をのぼる詩人たち』、『現代詩の胎動期』、『定本逸見猶吉詩集』、『逸見猶吉ノオト』を執筆する。

手元に菊地康雄詩集『近日點』があるが、詳細な略歴などは記されていない。逸見の書誌学とも言える三冊の著書を残した菊地康雄についての情報はほとんどないに等しかった。

今年（平成二十八年）、内海宏隆『菊地康雄ノオト』が届いた。菊地康雄の軌跡を明るみに浮上させた貴重な調査研究である。

同書には菊地の軌跡が詳細に報告されているので引用したい。

菊地は大正九年神奈川県横須賀市に生まれる。昭和十二年から二十一年の概略を拾うと、次のようになる。

昭和十二年、詩作、日大芸術学部入学？　昭和十三年、詩作。昭和十四年、詩作。昭和十五年、大学卒業？　詩作。昭和十六年満州雑誌社（東京）入社。詩作。昭和十七年、詩作。昭和十八年、満州本社勤務、五月に召集、八月に解除。詩作。昭和十九年、関東軍報道隊員として北満他の現地報告にあたる。『満洲良男』[1]編集。詩作。昭和二十年、逸見らと同人誌『飛天』を計画するが未遂に終わる。八月一日召集、二十五日解除。詩作。昭和二十一年、逸見の葬儀に出席。初七日に静未亡人から遺稿の整理保管を依頼される。帰国。

この十年間、詩作を続けていることが分かる。詩集『近日點』作品題名下に四桁の数字が付されている。これは制作年と思える。

※『満洲良男』はそのまま「洲」とした。

復員後、逸見に関わる詩集、研究書計三冊の出版を果たす。この他の実績として木山捷平全集、保田輿重郎全集、美術系書籍の棟方志功、水墨美術、現代の陶芸などを手がける。平成十六年に千葉県愛友会病院にて死去。八十四歳。

『菊地康雄ノオト』には興味ある事項が二つある。それは菊地と逸見の交流と雑誌『満洲良男』である。

逸見との交流について

逸見との交流と影響をうかがわせる作品がある。昭和十三年詩篇「ふゆ」と昭和十四年「春ノ幾何学」、昭和十八年「氷紋」である。「ふゆ」は部分にカタカナ書きを用い、後者二編は全編にカタカナ書きのスタイルを応用している。「ふゆ」と「春ノ幾何学について内海はこれを「逸見猶吉の模倣と見るならば／逸見猶吉を意識したもの」と表記している。菊地の逸見への共感模倣とみるか、単なる表記とみるかは定かではないが、以後の経緯をみればこの解釈は妥当と見るべきであろう。菊地の逸見への傾斜を示すものとして次の『アルカリ地帯一九四四』を挙げる。

渺茫とひろがる
孤を描く天末につらなる荒涼無限のぎらつきに
みよ塹漸漸たるアルカリの侵略
地を灼く意志の露呈といふか
酷烈の瘴気たちこめ迸《ほとばし》り
いっさいの微温的生存をゆるさず
満目これ不毛なり
天心つねに混沌として一線を劃するものなく

候鳥の翳りも見えず
乾燥アジアの末端に抛《ほう》られて熱砂の波動を拒み
ぎらつく反射に
つねにたゆまず炸裂し
太古の微塵を捲いて震憾するアルカリ地帯
熾烈なるの熾烈にいきる
暗澹たる白の絶景

全編カタカナ書きの「春ノ幾何学」と「氷紋」を選ばず、この作品を選んだのは表面的なスタイルでなく逸見の精神をここに感じたからである。逸見は満州に充ちる虚妄性に苛まれ屈折し、詩と生活を強いられながら、翼賛詩と詠嘆調の絶唱を「地理篇」として括っている。しかし、この葛藤すらも北満の乾燥大地の只中では木っ端微塵に吹き飛ばされる。そのような逸見の精神をこの作品に感じたからである。菊地が逸見と交流するのは昭和十八年から十九年であると思える。逸見は昭和十八年に報道隊員として北満に派遣され、菊地は十九年に北満に派遣されている。菊地が派遣終了後、逸見と新京で会っていることを考えれば、この同業の過程で二人は交流を始めたものと思える。

作品のアルカリと表現された作品の風景は荒涼たる乾燥大地であり、二人の詩人が何ものも受け付けない北満の風土に立ち、暗澹たる心象になったことが読み取れる。そして、これらの強烈な体験と感想を語り合ったことが想像できる。その世界は正に逸見の詩のスタイルや視点に重なるのである。このおよそ二年ほどの交流が逸見の軌跡を遺すことになったのであろう。

雑誌『満洲良男』について

逸見の年譜に「昭和十九年関東軍機関誌『満洲良男』ニ「わが庭に題す」ヲ発表。」がある。内海の調査に昭和十五年春頃、「大日本雄弁会講談社をとびだした野間清三、鮫島国隆、桜庭政雄の三氏によって設立された満州雑誌社が」「関東軍報道部でだしていた機関誌『満洲良男』」「の経営発行をひきうけ」この雑誌を発行することになる。菊地は昭和十八年十二月に新京の満州雑誌社に着任している。未収録「わが庭に題す」掲載時に菊地が関わっていたものと思えるが、『逸見猶吉ノオト』で未収録としていることは戦局急迫の情況下で、菊地の記憶が間違ったか、あるいは経営発行の転移はしたが関東軍が雑誌編集は依然として掌握していたことになる。いずれにしても未収録「わが庭に題す」は菊地の身近にあったにもかかわらず、戦後見つかっていないことは雑誌そのものが消失されたものと思わざるをえない。

逸見猶吉の書誌学とも言える三冊の概要を記す。

『定本逸見猶吉詩集』思潮社（一九六六）

Ⅰウルトラマリン十九篇、Ⅱ牙のある肖像六篇、Ⅲ地理編十三篇、Ⅳ初期詩篇四十一篇、解説・年譜。詩集の構成は逸見が生前計画していて未刊に終わったものを初期詩篇以外は菊地が記憶していて、これに倣ったものである。巻末に菊地の詳細解説と年譜が付されている。逸見の詩集は戦後、十字屋書店で刊行されたものと、この思潮社版の二冊にすぎない。表紙見返しには遺品の風呂敷の文様が活かされている。

『逸見猶吉ノオト』思潮社（一九六七）

書名のサブタイトルに「―若き日の詩人とその周辺―」と記されている。概要は詩集上梓の報告と経過。逸見と家族の死について。著書刊行の意味について。逸見の出生から死までを編年形式で近代詩の動向および時代動向を交錯させて記述されている。逸見猶吉の詩と生活を知る上で唯一の研究書である。

『現代詩の胎動期』現文社（一九六七）

サブタイトルに「青い階段をのぼる詩人たち」とある。これは逸見の創刊した『LA・SCALA・VERDA』の日本語訳である。概要は逸見の油彩、大正から昭和初期の詩書の写真。西洋新思潮と日本詩壇の影響、大正期の詩状況。詩話会の分裂と新しい動き、モダニズムやダダイズム、北原白秋と民衆詩派の論争、アバンギャルド詩などである。参考年表（大正元年〜昭和十年の詩書、著者、著名　所収誌）。人名索引。ヨーロッパからの新思潮の流入に若い詩人たちがどのように対応し吸収したかがこの本のテーマの縦軸であり、近代詩から現代詩にいたる日本の詩壇動向が横軸として詳細に記録されている労作である。

逸見の死後、菊地は奥さんから遺稿の整理を依頼され、満州から帰国後二十年を費やしてその約束を果たした功績は計り知れない。これほど、執拗に逸見の軌跡を遺したのは菊地の限りない逸見へのオマージュであったのであろう。

菊地については逸見研究で品川の中延に伺い、未収録作品情報についてアドバイスを頂いたことがある。

今となっては菊地が資料として保管していたであろう、初期詩篇や逸見の装幀が付されている回覧雑誌や同人誌、ボードレール論「異端と神秘」や「絵画及び建築論」など、所在不明である。どこかの図書館に寄贈されていることを祈るばかりである。

註

（1）『満洲良男』（ますらお）　昭和十三年頃、関東軍司令部により慰問雑誌『満洲良男』創刊。同十五年頃、大陸講談社から『ますらお』として刊行。さらに『満洲良男』と旧誌名に復して満州雑誌社から刊行された。

長谷川濬資料

大島幹雄『満洲浪漫』[1]に長谷川濬が書いた逸見への追悼詩が多数ノートに書かれていることが報告されている。早速、遺族の長谷川寛氏を紹介していただき調査を行った。寛氏の協力により詩篇二十七篇、エッセイ二篇を収集することができた。詩篇はこれに『満洲浪漫』に掲載のものを加え三十篇となった。以下、数篇を抜粋して引用する。

詩とエッセイの収集に際して、子息、寛氏の協力に深謝いたします。

昭和十四年の夏と記憶する。私が満州映画協会に入ってから、北村謙二郎、矢原礼三郎、松本光庸、仲賢礼等と『満洲浪漫』[2]第一号を出してからのことである。会合が終わって新京ダイヤ街の扇芳亭グリルに寄った時、矢原礼三郎が私を力まかせにグイグイと引っ張ってテーブルに近づき、一人の男を指して、例の早口で云った。「これがあの逸見猶吉だ、あの逸見猶吉だ」（略）背広もネクタイも相当くたびれてはいたが、一癖ある柄もので、それを無造作に着こなしてるダンデイ振で一種のボヘミアンらしい気分が漂っている。

「のみましょう……」と云って彼はコップにビールを注いで悠然と構えている。

こんな初対面で私は逸見と付き合ったのである。彼との会見は多くは酒の場であり、逸見在る処必ず酒ありと云うテーゼの下に、私と彼の間柄は深くなって行った。『満洲浪漫』第二号は私の編集であったので彼を同人に入れ、彼は早速詩を一篇書いた。「汗山」ハンオーラ（蒙古語で興安嶺）と云う短い詩であった。（略）その頃逸見は日蘇通信社新京支局長であった。彼がどんな通信事務を取扱ってるか、仕事のことは話すチャンスもなし、何処に事務所があるのか、私は知らなかった。二人の交際は巷で酒場で深まるのが中心で彼の家族と私の家族と共に往復スルヨウナアットホームのものではなく全く独身者同志の如く、酒をのんでは文学論を交わす程度であったようだ。

このエッセイは昭和三十二年九月十四日に書かれた「逸見猶吉のこと（覚書）」（およそ三枚）である。逸見との出会いが書かれている。長谷川と逸見の接点は昭和十四年の『満洲浪漫』に始まり、昭和十七年発行の弟四郎との共著『デルスウ・ウザーラ』の装幀を逸見が担当している。それにもう一つ、この年に公開された映画『松花江 スンガリ』の作詩を逸見が担当している。この人選には緒方昇の推薦があった。そして、もう一人長谷川も深く関わっていたのではと推測する。なぜならスンガリの詩を書く適任な詩人を満映内部で知っているのは長谷川以外ない。昭和二十一年五月十七日逸見の死亡後の火葬に画家関合正明と共に立ち会っている。そして昭和二十二年詩誌『日本未来派』に逸見追悼「逸見猶吉の死」を書き、逸見猶吉の死の詳細を戦後初めて詳細に報告している。

逸見はやっぱり日本詩壇において大正中葉より末期に底流したアナキスト的なデカダンと朔太郎風潮と西洋的詩風に煽られた敏感なる詩人の一人。「ウルトラマリン」の突然変異で詩の氷山を造り、そのしたたりのまま満州に渡って氷山を拡散せんとして果し得ない異端者である。あの時代のマンネリズムとプロレタリア文学流行、アナキズム溢出にいきなりけわしい山脈をもりあげ自らそこを走って大陸行を敢行して孤立し詩壇と袂別したが彼にとって日本詩壇は眼中になかったのであろう。（略）

或時、逸見は私にささやいた。「俺はいま小説を書いてるんだよ……」と、彼ははずかしそうに云った。彼にとって散文は異なるジャンルで、むしろ無用の域であったのであろう。

病床についてから、枕もとにゴッホの画集をひろげ、例の鳥のとぶ麦畠の画がいつもひろげられていたのが印象的だ。鳥と逸見も関連があるように見えた。「ウルトラマリン」を思いつめて歩いた函館郊外の千代が岳には鳥の群がいつもとびまわっていたから……。

彼の死体を野っ原で焼き、彼のやけた骨を拾いながら私はつくづく思った。（今でもそう思っている）「……こんな満州の野つ原で逸見の骨をこうして拾うとは、何たるめぐり合はせか、まさに縁異なるものだ」と感心した。人間は何処で何をやり、どうなるのか全く分らないフェータル（宿命）なものだ。このフェータルと云う外国語もよく逸見の口からきいた単語なのである。

このエッセイは昭和四十二年以降に書かれた同人誌『作文』に書いた「逸見猶吉のこと」（およそ四枚）である。この中で小説のことと病床でゴッホの遺作を見ていたことが記されていて興味深い。

田村泰次郎が逸見追悼の中で「昭和七年頃だったらう、逸見が『横光ってどんな人かな一度逢ってみたいな』といったことがあった」と書いている。小説家の田村は友人であり、横光（利一）は関心の対象であったことが分かる。しかし、田村の仲介で横光と会う約束を逸見の方から破棄してしまった経緯があった。小説への関心はその頃から生じていたことが想像できる。

病床でのゴッホは初耳である。逸見を名乗る前、岩淵の家で画家を目指し弟の五郎と画を描いていた頃がある。しかし、死期にゴッホの遺作『鴉の群舞』とは何とも悲愴感を覚える。長谷川はこの他にも『文学四季』一九五七年に「逸見猶吉を焼く」（未見）を書いている。「フェータルと云う外国語もよく逸見の口からきいた単語なのである」も興味深い。この言葉が昭和十年『歴程』創刊号に書いた「ナマ」の後半にある詩行となぜか符合するのである。

氷霧に蝕む北方の屋根に校倉風の憂愁を焚きあげて、屠られた身の影ともない安手の虚妄をみてとつたいまなんと恐ろしいものだらけだらうか。

この中の「校倉風の憂愁を焚きあげて、屠られた身の影」はおよそ十年後に長谷川と関合が関わる逸見の火葬にイメージが重なるのである。まさに宿命（フェータル）である。

逸見猶吉に

サガレンの肋骨……
俺は今も
お前のうたを吟ずる。
千代ケ岳屠殺場の
どろんこ道に鳥むれ、とび、歩き、
お前の青春はこぼれて……
ウルトラマリンの心情は

ハラルの里木（リーム）旅館に
若い野生のにらをはむ　あの
黄塵にけむるホロンバイルだ。

サガレンの海
ポロチイスク
俺は何と無頼な文句で
お前を哀悼してるのか
猶吉よ！　分かって呉れ
風鳴りやまぬ貨物船のキャビンで
俺は涙なしで
お前の最後をしのんでいるのだ。

この詩は昭和三十年十月五日に書かれたものである。「サガレン帰航」のサブタイトルが付されている。長谷川の逸見への追悼を込めた多数の詩の内容は同傾向のものである。長谷川の昭和十四年から始まった交友は、戦後二十年を経てなお消えずに友を想う心情には心打たれる。

故逸見猶吉へ

猶吉よ
お前と北の海で酒を飲んだら
お前はせいうちのように
吼えるであろう
「ウルトラマリンの底の方へ……」
やたらに羽ばたく
北の魂や鴉共を
みのがして
俺はお前と酒を飲む……
星座はゆっくりめぐり
深海魚は発光している
けわしいお前の鼻先から
涙が流れ滴り落ちる
お前は泣いていない
ない涙を流すだけだ

俺の指針はやっぱり
「北をさしている」と云ったな
その通り
極北の北のまた北へ行くんだ
そこで人生の
悔恨を凍結させて
お前と死にたいのだ
猶吉よ！　せいうちの猶吉よ

この詩は昭和三十二年八月一日に書かれている。長谷川は逸見の「ウルトラマリン」の背景にあった北海道の千代ケ岳周辺の風景と北志向の内容が、長谷川の故郷と同じだったことが強く影響していると書いている。「俺の指針はやっぱり／「北をさしている」と云ったな／その通り／極北の北のまた北へ行くんだ」は逸見の昭和三年に二度にわたる北海道への旅の境地だったのであろう。

後年、長谷川と火葬に関わった関合正明が逸見追悼を書いている。そこには長谷川の逸見への惜別の姿が鮮明に書かれている。命日に病をおして緒方昇を訪ね、あの「逸見猶吉の死」の原稿を届ける。これによって初めて逸見の死の詳細が知れることになった意義は大きい。

今回、長谷川の遺した詩とエッセイは逸見への想いが一過性のものでなく、まさにフェータルであったことを物語っている。そしてこの思いは関合や菊地と同様な限りない逸見へのオマージュであったのであろう。
最後に詩誌『日本未来派』二号『逸見猶吉追悼号』に書いた「逸見猶吉の死」を紹介する。

昨年の五月十七日であった。朝早く画家の関合正明の使いの者が私の宅に見えて逸見の死を傳えた。しらせを受けた私は早速彼の宅へ出かけた。満州の五月は春のさきがけである。新緑の芽がはじけるように開き、ライラックの花が咲きだす時である。私は死んだ詩人を訪ねる途中、緑の新芽ふき出す小枝を二本手折って持参した。この春に背いて独り旅立った逸見が氣の毒でならない。せめて緑の枝を彼の枕もとに立ててやりたい気持であった。（略）
逸見の宅に行くと関合が憮然として出てきた。私は黙って八畳間にはいった。そこに私は逸見の死體を見た。髪をばさばさにに伸ばし、骨と皮だけの顔はうす黒く、けわしい鼻が突起し、白い眼を半分開いたまま、じーと動かず、逸見は息絶えていた。あの精悍な顔色は消え失せ、病苦に打ちのめされた痕を残したまま目をむいて横たわる逸見の死顔を見て、私は茫然と立っていた。彼の細君と三人の男の子がうろうろと歩き廻つていた。私は手にしていた小枝を二本彼の首の処へ架けて坐し、合掌した。

細君の話によると、朝早く彼女と軽い会話を交し、末の子がよちよち歩く姿を見てにやりと笑い、細君に向かって「こいつが一番たのしそうだな」といった。彼女はうなづいて隣室へはいり、長女の世話をして再び病室に入ると、もう息絶えていたそうである。あのうす笑いが最後で、逸見はあっけなく死んだらしい。（略）

隣組の好意でつぎはぎだらけの棺が出来上がり、納棺した。棒のような逸見を抱えた時、軽いので悲しかった。足はあかで鰐皮のようにひびがはいっていた。床の間に祭壇を作り、白布を引き、彼の詩や原稿を積み重ね、詩人全集逸見猶吉の部から彼の映像を破り取って枠にはめて飾った。この映像は大連で藤原定氏がとつたもので、如何にも逸見らしいポーズのまま寫っていた。私は「ライラック咲きだす頃」を彼の詩稿の上にのせ、あかりをつけた。祭壇が出来て落ち着いた頃、詩人仲間がぽつぽつ現れた。皆飲み仲間で、吉野町やダイヤ街の露路で逸見と飲み明かした連中である。

（略）

翌日、隣組の人でお経を心得てるのが簡単にお経をよみ、いよいよ出棺する時、私は彼の棺の中に徳利とランボーの『地獄の季節』を入れた。これはフランス語の厚い本で、逸見の好きそうな感じがしたので、ペンと原稿用紙と共に彼の胸の処へそーと入れた。釘が打たれて詩人仲間がかついで外へ出た。荷車に積んで原っぱへ出たが、焼場の用意が完了せず、一日火葬をのばし、附近の草原へ棺を埋め、目印をつけて一先ず引き揚げた。

その夜、私は眠られなかった。あの野原に逸見が獨り横たわって風に吹かれていると思うと、かわいそうで眠られず、棺の中に半眼を開いて長々と寝てる姿を想見しただけでも胸が痛かった。翌日、午前十時頃、棺を野ざらしの焼場に運び、石油をかけて火をつけた。私、関合、逸見の伜、熊木という娘さんとおんぼうが燃え上がる棺を見ていた。風通しがよく火勢は次第に強くなり、棺全體を包んで帆の焔を吹き上げ、棺はななめに傾いて黒煙を吐いた。私と関合は座をはずして逸見の宅に帰り、二人で酒を飲んで時間の経過を待った。午すぎてから二人で焼場に行くと、もはや逸見の肉體は跡方もなく、鉄板の上に熱した白骨が散らばって、その間に愛用の徳利とランボーが本の形のまま灰となっていた。私達はからから鳴る熱い骨をつまんでは骨箱に拾い集めた。最後に徳利とランボーの灰をそっくり取り上げて箱の中に納め、ふたをして持ち帰った。彼と一緒に歩いたり、酒をのんだりした肉體的な触感を、箱に収った骨を見て不思議な氣がした。

（五月十七日、逸見の一周忌に）

※部分的に旧漢字は直した。

長谷川濬（一九〇六〜一九七三年）

一九〇六年　函館に生まれる。

一九三二年　大阪外国語学校ロシア語学科卒業。渡満、新政府資政局自治指導部訓練所入所（後の大同学院）。卒業後、満州国外交部に入る。チタの領事館に勤務。

一九三五年　三三年に疾病し日本に帰国したが、回復後、新京に帰任。

一九三七年　黒龍江、熱河、満州里を調査する。外交部を辞め、この年設立された満州映画協会に入る。北村、中（賢礼）らと『満洲浪漫』を発刊。

一九四〇年　バイコフ宅を訪問。バイコフ「偉大なる王」翻訳を満州日日新聞に連載。

一九四一年　『偉大なる王』文芸春秋社より刊行。

一九四二年　長谷川四郎・濬の共訳で『デルスウ・ウザーラ』満州事情案内所より刊行。

一九四五年　敗戦。理事長甘粕正彦の自殺に立ち会う。

一九四六年　一家五人日本に帰国。

一九五〇年　ジープ社よりバイコフ『偉大なる王』出版

一九五二年　『偉大なる王』新潮文庫版出版。

一九五三年　この年より六八年まで断続的にナホトカ行き貨物船通訳となる。

一九五四年　神彰のアート・フレンド・アソシエーションに参加。「ドン・コザック合唱団」の招聘に尽力。同社より『歌うドン・コザック合唱団』出版。

一九六四年　集英社『昭和文学全集』に「鳥爾順河」再録。
一九六五年　同人誌『作文』同人。私家版詩集『海』上梓。
一九六九年　ニコライ学院でロシア語講師を務める。
一九七三年　死去。享年六七歳。

註

（1）大島幹雄『満洲浪漫』藤原書店（二〇一二）
（2）『満洲浪漫』一九三八年〜四一年に満州で発行された。大連で発行されていた『作文』と並んで満州文学の中心となった同人雑誌。なお、大島幹雄『満洲浪漫』と一九三七年に満州で発刊された『満洲浪漫』についてはそのまま満洲とした。

平成二十八年早々に長谷川寛さんから『デルスウ・ウザーラ』（北海道文学館二〇一四年・十月〜）第三回森の人デルス・ウザーラ原画作品の資料が届いた。「訳者のことば」を引用する。

①ウエ・カ・アルセニエフのウスリ紀行は三部作をなす。第一書はさきに満鉄社員会より邦訳刊行された「ウスリ探検記」である。これは一九〇二年より一九〇六年までの紀行である。第二書は即ちここに翻訳した『デルスウ・ウザーラ』で、これには

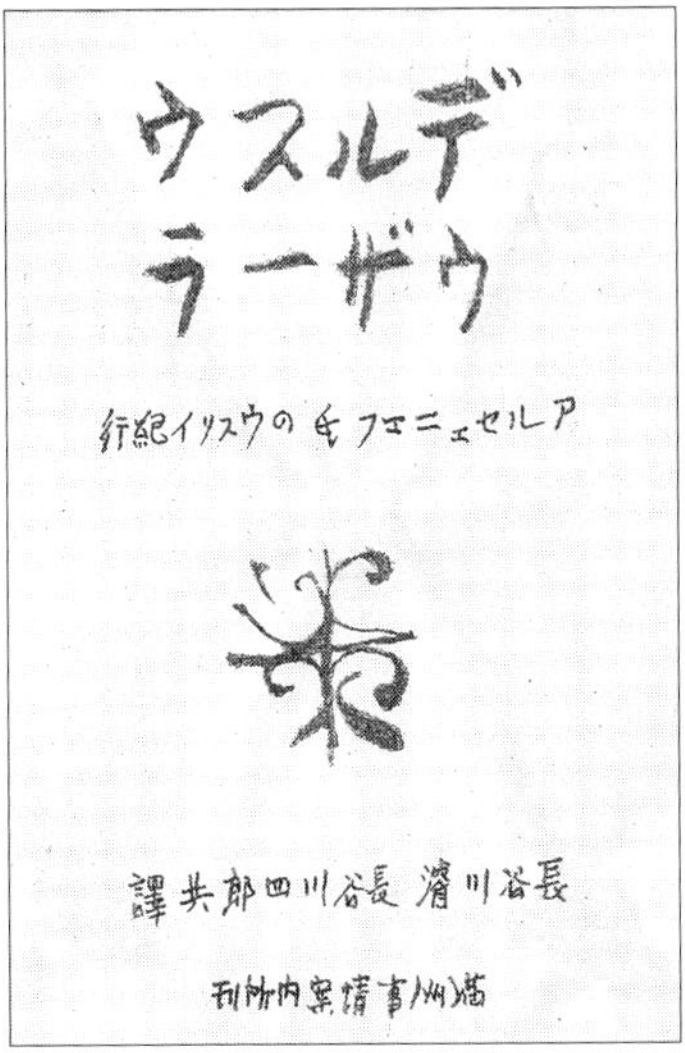

『デルスウ・ウザーラ』長谷川濬・四郎共訳の表紙（北海道文学館所蔵）

一九〇七年より一九〇八年初頭にかけての遍歴が記述されている。第三書は一九〇八年より一九一〇年に至る探検記『シホテ・アリン踏査記』である。この本は昭和十三年、満鉄の社内刊行物の一冊として邦訳出版された。以上の外、著者のウスリ紀行としては、第一回探検の紀要と補遺をなす『沿海州の密林地帯』がある。②邦訳テキストについて。③支那風の地名について。④本書は北東満州民族の挽歌である。⑤翻訳の草稿は長谷川四郎が作り、校訂推敲は長谷川濬が当たった。訳文の責任は両人が負ふ。⑥終わりに本書出版に際し、装訂を煩わした畏友逸見猶吉、及び出版を引き受けられた奥村義信氏に対し、ここに記して深甚なる感謝の意を表する。

康徳九年一月一日　新京に於て　訳者　識（昭和十七年）

関合正明資料

画家・関合正明は逸見について『歴程追悼号』（昭和二十三年）に「逸見さんの家族のこと」を書いている。逸見の病没前後および火葬そして遺族の引き揚げを助けていることが書かれている。戦後、さらにこれらを補足するエッセイを書いている。それは「徳利」「無蓋貨車」「風芝」である。前後を省略し抜き書きした。逸見の病没および葬儀については長谷川濬が「逸見猶吉の死」を書いているが、逸見の晩年を書いたものとしては二人の書いたこれらのエッセイは貴重な報告である。

これらの著書は関合の遺族が『作文』主宰者秋原勝二氏に寄せられたもので『作文』（201）に掲載された。初出は『コルドバの雪』、『狸の話』（いずれも皆美社）、同人誌『自在』に発表したものである。

徳　利

長春郊外の南湖の湖畔にあった関合の家、湖の西側に幹線道路、突き当たりに森。森と南湖を挟んで向かい合う位置に逸見さんの家があった。逸見は朝出がけに玄関でコップ一杯の日本酒を飲み三キロほどの勤務先まで徒歩で出勤する。昭和二十一年五月十七日早暁に病死した。医師は急性肺炎と診断。咳、痰など見られなかった。衰弱、痩せかたは「癌」ではなかったかと思える。亡くなる前日、見舞いの時、病床に目を閉じたまま「外は風がひどいなぁ」と呟くように言った。（略）出棺が夜中になったので、家の前に仮埋葬した。翌日、一キロほど離れた野原の只中にある急造の火葬場まで運搬するのである。（略）火葬場は上から見ると凸型に掘り下げてあった。凸型の突き出ているところが、さしずめ一等室ということである。バイコフの『偉大なる王』の訳者長谷川濬氏と私が火葬終了まで見守ることになった。火葬場には、すでに五寸ほどの角材が井桁にうず高く組んであった。その上に死棺を置いた。更に山形のトタンを被せ、材木に重油をたっぷりと振りかけた。（略）ごうーという凄まじい轟音と同時に黒煙がもうもうと立ち昇った。瞬時のうちに火焔に変化した。火力の勢いでトタンが大きな音をたてて落下した。（略）濬さんは、居ても立ってもいられないような焦燥感にうろうろしている。「逸見は可哀想だ、逸見は可哀想だ」と泣声を出しながら階段を上がって地上に逃出して行った。（略）鉄板の上に逸見さんの死骸は白骨と化し、同棺に納入した諸物品は見事に灰塵に帰していた。ただ愛用の九谷焼の徳利二本、一本は肩から首が折れ、他の一本は多少のひびが入ったが満足の形であるように見えた。とにかく冷却するまで時間があるので地上に出た。（略）火葬場に戻ってくると、遺族の人達が骨を拾い上げていた。濬さんは形見にと破損のない方の徳利を取り上げた。逸見さんの愛読の原書ランボオ詩集（ポケット版）、萩原朔太郎編五人の詩人（宮澤賢治、中原中也、尾形亀之助、高橋新吉、逸見猶吉）の本も、それらしく形は残存していたが、手がそれに触れると跡形もなく崩れてしまった。昨年何回忌かの猶吉忌が阿佐ケ谷であった。その席上で逸見さんの友人緒方昇氏が例の徳利を、遺児裕史君に、「お父さんの形見だ、大切にしなさい」と言って渡すのを私は見ていた。おそらく長谷川濬氏が緒方昇氏に預けていたのだろう。私は三十年ぶりに再会したその徳利に感慨一入のものがあった。逸見猶吉さんの唯一の遺品が酒徳利とは、酒客らしい起承転結があると思う。

無蓋貨車

関合正明は「逸見さんの家族のこと」（『歴程逸見猶吉追悼号』）で昭和二十一年、新京から葫蘆島港までの屋根の無い貨車による引揚げにあたり、逸見の遺族の世話をし、S青年に国内への搬送を頼んだことを記している。そして、S青年は遺族を五郎氏の下に連れ帰っている。「遺児三人を連れてS青年が、小生と前後して調布の拙宅にきたときは、子供らは衰弱と下痢で腰が抜けてゐました。早速実弟の大野五郎氏が子供らを引き取りに見えられお渡しした次第です」と書いている。

「列車は錦州に到着し中国の検査のため北大営に移動する。馬小屋を清掃した仮休憩所である。ここで奥さんと次女真由子さんが相次いで亡くなる（奥さん昭和二十一年七月二十八日錦県北大営、真由子同年八月二日死亡）。

「着くそうそう、新京の郊外で引揚げる直前に死去した逸見猶吉さん亡き後の家族引揚げに付けた青年が、ニコニコ顔で迎えに来た。彼等の地区集団が一列車先に到着していたのである。（略）彼に私は内地の東京まで逸見家族の付き添いを依頼した。彼の心中を察すると実に申訳ないと思う。青年は私の友人である、今は理学博士の西尾元充の当時の部下であった。西尾は航空写真の権威である。義侠心のある男で、（略）逸見さん亡き後、引揚げる家族の中に全身小児麻痺の女の児がいる。極度の困窮事情を訴えると、この青年を紹介してくれた。（集中営に止まっている時）青年が蒼白な顔で来てくれと言う。逸見夫人が急病で危ないそうだ。早速その診療所にいって見ると、土間に筵が引いてある上に、静さんが白いものを一杯浴びて、頭を左右に振って横転苦悩の有様である。側に寄ろうとすると医師が私を引止め、いきなりＤＤＴを頭から浴びせた。病人との関係を聞いて、そして急性大腸カタルと診断したが、コレラ病の疑いがあると小声で言った。医師は患者である静さんから遠く離れている。静子さんは私が寄ってゆくと、困却している目付をした。先程から静子さんの傍で体を摩っている年配の婦人が言う。「お腹が苦しそうだから、これを解いてあげたいのです。あなた証人になって下さい」と言う。それは帯状の焦茶色した布袋の銭入れであろう。それにしても、医師の逃げるコレラ病の疑いのある患者を献身的に看護しているとは吃驚りした。後で解ったが、この婦人はクリスチャンである。静さんと隣組の友人で腹を打ち開けての付き合いであるそうだ。しかし、この婦人の行為は感動的なものである。信仰をもつ人は強いと思った。その甲斐もなく二、三時間すると二、三カ月間ほど思ったように憔悴し、目の周りは黒ずんできた。（略）医師等の合意で、静子さんを隔離室に移すことになった。（略）静子さんを置いて、一先ず青年と一緒に隔離室を出た。（略）昼食後には来る心算でいた。それが昼食中に静子さんの病死が伝えられた。（略）静子さんの埋葬を隣組の人達と一緒にすることになった。（略）大陸の酷暑であり塵埃と疫病の蔓延するなかを、母親の屍を乗せた担架に従い、私と逸見の長男の隆一は黙々と歩いた。夏草茂る丘の中腹に来た。（略）隆一は桜木のもとに腰を下し、膝をくの字に曲げ、その上に腕を置いて頭を項垂れている。私が傍によって「お母さんと最後の別れだ、顔をよく見なさい」と言うと、黙って付いて来た。（略）「君が埋葬するのだから足の方に土をかけなさい」隆一は素直に言われたとおり実行した。

　関合はこの混乱の中、亡くなった子供の似顔絵を依頼され、それを済ませふらふらになって帰ってくると青年の伝言がある。「真由子ちゃんが呼吸停止で急死した。隣組の人達が、母親の隣接に埋葬しました」とある。残酷無残にも悲劇が追打ちをかけてくる。愈々遺児たちを悲嘆のどん底に突き落すようなものだ。
※静子は誤記と思われるが、そのまま付記した。

風　芝

アルセエニェフの『デルスウ・ウザーラ』を濬さんと四郎さんが共訳して、逸見さんが装幀をした。この翻訳で戦後、黒沢明監督が映画にした。当時の本はモノクロ色の表紙に黄土色と墨色のコントラストが良かった。スンガリの解氷どきの、密林の美しさを連想させる瀟洒なものであった。逸見さんには『詩と詩論』（※『新詩論』の間違いであろう）の装幀がある。これはお宅で拝見した。ときには気の利いたお洒落もするし画も描く、従って装幀なども好みの一つであったのだろう。これに加えて、逸見さんの趣味と言えるものに時計がある。ロンヂンの腕時計をしている。数々の懐中時計を蒐集していた。その中の小さな桃色の箱に、小さな金の懐中時計が入っているのを見せてくれた。実に意外に思った。理由を窺いたくなるようなものであったが、逸見さんはこれに就いては何にも語らない。逸見猶吉の「猶」は犭（ケモノ）偏である。猿の一種で、猿といっても少し違う。一度飛び上がれば数百丈に及ぶと言う。現代の尺貫法に換算すると驚異的な数字になる。これはさておき、目下の戦争に処してのことであるが、いざという時、まだ年端もいかぬ長男に切腹を教えたという剛直な人だ。そして、あの男性的な詩である。どこを押して、こんな小さな金の懐中時計と那辺で結合するのであろう。甚だしくアン・バランスである。しかし啻ならぬものが纏り付いているに違いないと憶測した。逸見さんの詩に「哈爾濱」と言うのがあって、後章「かかる日を……かかる日を哀憐の額もたげて訴ふる」より四行ほどのところに、この金の懐中時計と符号する因果関係があるような気配を感じてならない。

執拗に愛玩する、この小さな金の懐中時計には、不治の病に臥して悩む愛嬢真由子のことが、常にオーバーラップしていたのではないだろうか。と考えて見れば、この程度を超える落差も首肯できる。あのルパシカのよく似合う、ロシア人のような風貌をした濬さんが、酔えば、必ず、この「哈爾濱」を朗読する。その間、逸見さんは目を閉じ腕を組み、感慨無量の様子で、時には泪ぐんでいた。終わると手を差し延べて握手している情況が、今も目裏にある。永い病床で真由子は面やつれはしていたが、切長な目の美しい瞳の少女であった。それにしても、この「風芝」とは、何という哀愁を伴うニュアンスな名称であろう。

関合正明（一九一二〜二〇〇四）洋画家・大正元年十一月東京に生まれる。昭和十三年渡満。翌年から六年間、満州国民生部教育司編審官室の嘱託画家として図画教科書を担当する。檀一雄、長谷川濬、逸見猶吉、木山捷平ら文学人との交流はここで始まる。

尾崎寿一郎資料

尾崎さんは逸見について四冊の著書を刊行している。それは『逸見猶吉 火檻褸篇』『逸見猶吉 ウルトラマリンの世界』『ランボー追跡』『詩人 逸見猶吉』である。

『逸見猶吉 火檻褸篇』

一九七〇年三月の『作文』第七九集に、八木橋雄次郎が「安民区映画街七〇六番地」を載せている。この文芸同人誌は、一九三二年に大連で創刊され、今日もなお続いている長寿の雑誌。満州に係わりのある人達が結集している。八木橋は小学校の教頭で、詩や童話を書いていた。逸見の正式な住所は「新京特別市永寿街七〇六いノ一号」である。「安民区映画街」は別称である。同じ地区に満州映画協会があったからとのこと。

この稿のあとに逸見が住んでいた社宅の写真が掲載されている。「満州生活必需品会社に勤めていた女性が、一九九二年に『新京(現・長春)』に行った折、撮ってきたもの。

※一棟二世帯、暖房はスチーム、鉄骨レンガ造りでモダンな建物。昭和二十一年五月十七日、逸見の葬儀は社宅前の野原に仮埋葬し、翌日一キロ程先の火葬場で火葬が行われた。この住宅に三宅宏子さ

んは半年ほど逗留した。「聞き書き」の項を参照。

逸見猶吉は、自分の家で寝ているのではなかった。近くの病院、といっても当時のことである。普通の家屋を模様がえしただけの重病人収容所といったところであった。真中に土足で通れる板張りの通路があり、その左右に畳が敷かれただけのものであった。うす暗く、じめじめしていた。畳の上には、ふとんが敷かれ重病人が頭を並べていた。

どれが逸見猶吉か、見当がつかなかった。左右の病人の顔をのぞき見ながら、わたしは板張りの通路を歩いていった。一回めは、ついに見つけることはできず、二回めの時である。じっとわたしの動きを見つめている病人が、わたしの歩みを止めさせた。痩せこけて、目だけがぎらぎら光り、髪の毛が伸びて無精ひげに連っていたが、それが逸見猶吉であった。

「やあ、ここにいたんだな。どうかい」わたしは、彼を元気づけようと、さりげなく言いながら枕もとに座ったが、なんという変わり方だろうと思った。いっしょに来てくれた今村栄治も同感であったろう。全く無言であった。「駄目だ、腸もやられている」逸見猶吉は、かすれた声で、ぽつりと言った。わたしも、その時、その通りだと思わずにいられなかった。「ビールの代わりに――」といって、サイダーの栓をぬくと、かれはにやりと笑って一口飲んだ。その笑いが、いかにも寂しそうだった。
ひどい下痢で、それが我慢できず、どんどん流れ出るので、おしめをしているとかれは言った。わたしは、彼が遠慮するのをかまわず、おしめを取り替えてやり、洗濯場にいって、くそまみれのおしめを洗った。奥さんも世話にくるだろうが、小さな子どもたちがいるので、思うにまかせないでいるのだろう。かれの体は、垢でまっ黒に汚れていた。私が、タオルで顔を拭いてやり、首すじや手をこすってやると、垢がぼろぼろと落ちた。「すまん」かれは、涙ぐんでいた。それから、数回、かれを見舞った。そうして、同じことをくりかえした。

もう駄目だと思った八木橋は夫人に会い、家に連れ帰って家で死なせてやってほしいと頼む。それから間もなく死の知らせが入った。四十六年五月十七日。「かれは家に帰って死んでいた。死の床の周囲には、木山捷平、長谷川濬、関合正明、菊池康雄の諸氏が集まっていた。行方の分からなかった実兄の和田日出吉氏（おそらく地下に潜っていたであろう）も漂然と姿を見せた。部屋の壁には、船水清が酔って落書きをしたあとが、いちめんに残っていた」と八木橋は書いている。

その他の概要は「第一章　満州に渡るまで」、「第二章　満州の興亡と侵略」、「第三章　満州文学と日支事変」、「第四章　戦争翼賛詩と大東亜戦争」である。

『逸見猶吉 ウルトラマリンの世界』

逸見猶吉の筆名由来について書かれている。このことは二〇〇四年に発行されたこの著書の後、書かれた「足尾鉱毒事件田中正造記念館文集」にも冒頭に書かれている。さらにこの著書を参考に書かれたものではないかと思われる随想舎『鉱毒に消えた谷中村』がある。引用する。

逸見は『田中正造之生涯』（昭和三年）を読んで打ちのめされたのだと思う。正造と残留民の闘いは、ノミやシラミのたかる乞食同然の活動であった。そして毅然としていた。それを支えた斧吉のさりげなさが胸にしみる。逸見はその本を荷に詰めて北海道秋の旅に飛び出したのだと思う。逸見斧吉の名は地名と列記してあると特に眼につきやすい。字画バランスも音感もいい。これ自体筆名のようである。世間にも文学界にもほとんど知られていないこの名から、一字だけを差し替えて筆名としたのは、大野四郎の大きな収穫であった。この名を借りたことは、正造、残留民、斧吉の側に逸見の心情が立つことを意味していたと考えられる。

当時、鉱毒闘争と大洪水と逸見斧吉を知ることが出来るのはこの本のみ、大野四郎は間違いなく読んだと確信しました。北海道放浪の旅の後の、一か月は、佐呂間移住の栃木開拓移民団に近い根室に滞在して、「ウルトラマリン」連作の詩を生み出して行くからです。詩には、開拓民、田中正造、谷中村、渡良瀬川などが盛り込まれているのです。そして大野四郎も正造の支援者たろうとし、逸見斧吉の一字を替えて「逸見猶吉」と名乗ったのです。

これらを参考に書いたであろう『鉱毒に消えた谷中村』（随想舎）の中に布川了「谷中、村と人のなりゆき」がある。

同じ孫の四郎は、一九二八年（昭和三）八月発行の、木下尚江『田中正造之生涯』を読み、正造と鉱毒被害民の苦難、父祖の行蔵《こうぞう》を知る。そして正造最後の理解・支持者逸見斧吉の名を借り「逸見猶吉」を筆名とする。

このように推論とは、推測から断定、そして確定になってしまう畏れがある。筆名の由来はこのようなことであるのかもしれないと想像できるが、未だ確証はないはずである。

文学評論と言うのはもともと筆者の勝手な主観で書かれる。従って対象の人物や作品への個人の見解の域を決して超えることはない。そのことは理解できるのであるが、後の研究のためにも対象の検証に係わる事項については確定でない限り断定ではなく推測の表記を付してもらいたい。尾崎さんの一連の逸見研究の中で二〜三このことに触れるものがあった。重要な項目には主観でなく客観的思慮で記述してもらいたい。

その他の概要は、「序章 逸見猶吉と根室」、「第一章 『兇牙利』とは何か」、「第二章 谷中村と鉱毒事件」、「第三章 内面のドラマの火」、「第四章 ウルトラマリンの世界」、「第五章 牙のある肖像と燔祭」である。

『ランボー追跡』

六章構成。ランボーの生き様を編年順に記述し、詩の本質、生き様を淡々と且つ独善的に記述する。この中で「他者」と憑依現象を繋いでいること、ウルトラマリンの語彙が原文のカタカナ読みで紹介されたことに驚かされた。この二つは私にとって、一つは疑問点として残り、一つは逸見のウルトラマリンの意味が少し分かりかけた契機となった。

1 普仏戦争と三度の出奔 大佛次郎『パリ燃ゆ』を参考に普仏戦争とパリ・コミューンを述べ、これらの内乱と革命に敏感に反応し成長、変質してゆくランボーを書いている。

2 コミューンと見者の手紙 手紙の中核テーマの「他者」をC・G・ユングを基に、憑依現象（創造する無意識）と規定している。※尾崎はこの憑依現象と逸見のウルトラマリンが同現象であると説く。

3　パリ熱望と詩法確立　「酔いどれ船」に触れて、後半二十節の訳字にウルトラマリンの語彙が紺青とか紺碧でなく、原語のカタカナ読みで出ている。

4　二人の地獄巡り　ヴェルレーヌとのゲイ恋愛による周囲の混乱とピストル事件が中心記述。

5　二つの詩集と詩の放棄　詩集『地獄の季節』一八七三年八月刊、詩集『イリュミナシオン』一八八六年八月刊の内容の紹介。

6　その後のランボー　一八七六年からスタートする長い旅の始まり。一八九一年夭折までの仕事と旅程の記述。

あとがきで「詩とは生き様であると冒頭で書き、軍国主義日本に挑んだ逸見猶吉の詩を追ってきた。（略）日本のランボーと言われた逸見の精神の系譜を探るためである」と書き、「ランボーの詩も難物である。ユングの集合的無意識はランボーの『他者』を理解する飛躍台になった。ランボーの詩と生き様を理解する一助になれば幸い」と結ぶ。

尾崎寿一郎　一九三〇年（昭和五年）北海道岩内町に生まれる。一九七三年『過去現在未来』刊。一九七六年株式会社火山社設立。二〇〇一年より逸見猶吉稿に着手。二〇〇四年『逸見猶吉　ウルトラマリンの世界』刊。二〇〇六年『逸見猶吉　火襤褸篇』刊。二〇一一年『ランボー追跡』刊。二〇一一年『詩人　逸見猶吉』刊。

赤上剛資料

平成二十八年、赤上さんから逸見のことで伺いたいと言う連絡があり、お会いした。話を聞くと生家が私の家からすぐ近くとのこと、と言っても今は盆暮れに兄弟たちと訪れる実家であり、現住居は埼玉県である。年齢は少し先輩で田中正造の研究をしているとのことであった。著書『田中正造とその周辺』で逸見にも言及、研究の過程で逸見猶吉が抜きがたいものとなり、研究会で一緒の逸見の次男・大野裕史さんから私のことを聞き及び来訪となったようであった。

その後、赤上さんから次々に逸見に関わる資料を頂いた。資料はどれも私の資料収集の範疇を超えるもので貴重なものであった。以下の通り赤上資料として纏めた。

1古俣祐介〈前衛詩の時代〉部分コピー。「太平洋詩人及び女性詩人社共催」『詩と舞踏と演劇の夕』および『第2回文芸講演会』プログラム

この資料は矢橋丈吉『黒旗のもとに』からのコピーである。驚くべきことにプログラムの初めに詩朗読者の中に逸見猶吉の筆名がある。矢橋との交流やアナーキズムに傾斜したことを考慮すれば、この筆名が大野四郎本人である信憑性は高い。

2現代詩誌総覧②、③、⑥未収録作品の資料データ

この資料には逸見の未収録作品詩篇二篇（雪館、柊ノ断章『文芸汎論』昭和七～八年）とエッセイ一篇（高橋新吉『詩神』昭和七年）が含まれている。後日、日本近代文学館で詩篇二篇、エッセイ一篇）を収集し、五行歌『彩』187号に寄稿した。他に葦河『作文』（昭和十六年）の情報。

3早稲田大学昭和三年の卒業名簿

一年先輩の緒方昇（政経学部）が掲載されている。赤上さんは翌年の会報も確認したが、大野四郎の名は見当たらなかったと添書で書いておられた。大野四郎は学部変更などもあり、四年以降と思われる。『逸見猶吉ノオト』では昭和六年卒業となっている。

4昭和二年の写真、大野五郎の画。宮川寅雄歌集『風琴』の部分コピー、『歳月の碑』の部分コピー。

宮川寅雄は逸見と学生の時に会い友人となっている。この頃、神楽坂のバー「ユレカ」の構想がスタートしていたのだろうか。歌集『風琴』に「色黒き逸見猶吉と知りし日に　ライスカレーを浜で食いけり」がある。

5矢橋丈吉『自伝叙事詩　黒旗のもとに』組合出版

この本を赤上さんは古書店で入手して私の元に送付してくれた。前記と重複するが「太平洋詩人・女性詩人主催「詩と舞踏と演劇の夕」読売講堂（大正十五年〈昭和元年〉十一月三日）。朗読の部、末尾にまぎれもなく逸見猶吉の筆名がある。

※この本は矢橋丈吉の自叙伝である。

6宮沢賢治一周忌追悼会のコピー写真

参加者は逸見猶吉、草野心平、野村胡堂、尾崎喜八、土方定一他（昭和九年か）。

7大野家戸籍簿（北区区役所）

大野四郎の没年が五月四日となっているが、大野裕史さんの証言で位牌は五月十七日になっているとのこと。

8満州家族の引き揚げの様子

内容が走り書きなので内容は判然としない。引き揚げについては関合正明「無蓋貨車」に詳細が書かれている。

9「生活必需品会社と私」井本悦子

概要　井本さん家族は満州で「生必」の社宅で二階に住み、大野さん家族は下に住んでいた。大野家家族のこと、戦後の四郎の生活ぶり、四郎は結核で隔離された、昭和二十一年春の終わりに戸板で無言の帰宅、住宅の前の野原で野辺送り、引き揚げ、静さんの死、井本さんの母は静さんから「子供たちをお願い」と言われた。古河文学館の見学、逸見コーナーがあること、遺児二人との対面、遺児から遺骨は持ち帰ったと聞かされた（逸見の遺骨と考えられる）。遺児は荼毘の火を記憶していること、収容所で母が傍らに寝ていた記憶があること、遺児三人の帰国後のあらまし、遺児とともに谷中村跡と詩碑を訪ねたことなどが書かれている。

遺児が遺骨を持ち帰ったということは、王子の金剛寺に逸見は眠っていることになる。かつて墓に参った時、逸見はあすこにいたのだと思うと感慨深い。

秋山圭『「ウルトラマリン」の旅人』の春子とキクエは井本親子なのだろうか。尾崎寿一郎『逸見猶吉　火襤褸篇』にある「生必」の社員住宅の写真も井本さんが撮影してきたものなのだろうか。井本さんのエッセイを読みながらそんなことを考えた。仮埋葬はあの写真の住宅の下だったのかと感慨深い。

10田中正造・谷中村の資料

渡良瀬川鉱害シンポジウム（43〜44）の冊子。

11『田中正造翁』復刻版

「筆名の由来」末を参照。

改めて、「筆名・発生時期、未収録作品の判明、大学二年の写真、井本さんの証言、『田中正造翁』」の五点は逸見研究にとって貴重な情報であることを付記します。

昭和２年　宮川寅雄と鎌倉にて（写真提供は宮川木末氏）

赤上剛　昭和十六年、栃木県茂木町生まれ。早稲田大学法学部卒業。渡良瀬川研究会顧問。著書『田中正造とその周辺』（随想舎）。

未収録作品

同郷（茂木町）の赤上剛さん（渡良瀬川研究会）から逸見猶吉の未収録作品（詩篇及び詩論、エッセイ）の情報が寄せられた。早速、日本近代文学館で四篇の未収録作品を収集した。詩篇「雪の館」（昭和七年三月号）、散文三十八字×二十九行（二行空白）。「柊ノ断章」（昭和八年二月号）、行空け、カタカナ書き二十七行。共に『文芸汎論』に掲載。詩論「高橋新吉」（『詩神』昭和六年七月一日発行）、「感想」（『文芸汎論』昭和七年九月一日発行）、一周年の感想、およそ六十字。

雪の館―抜萃―

街は、雪の日にみえぬ綾のむかふに。街からはもう何もかも絶たれた。ざらざらした宿酔の薄明りのなかに、己はいま還らぬ悪徳の数々を記憶するのだ。

塵灰のくらくたち罩めた場末の、息づまるやうな石油臭い酒肆で、兄も知らぬ一人の男と腕をもつて闘つた前夜のこと。酔ひをさらに酔ふために――絶望とさへ取組むことのできぬ不幸であつた。泥のやうな外氣にのされ、己は傷ついた。その男は闇の底にふかく墜ちていつた。《剥がれた硝子に映る、この無頼な齒並びを見ろ》

降りやまぬ雪。街はそのむかふに羽交ひ締めにされてゐる。たゞ空しい時の擦過だ。色褪せた橄欖色、重苦しい鎧戸の桟の大部は、肋のやうに毀されて、むきだしに挟い中庭の石畳へ曝されてゐる。疼くやうな白の荒廃は地底から、あたりに物の響をころして、この己ひとり棲む館の異様な寂寞だけが、死のやうな響を傳承してゐるのだ。むげんに妄想を呼び醒ます日夜の交響を愉んだ舊い血の流れは、もう己の身になんの力ともならなくなつた。桟の隙間から、誰かの歪んだ横顔がうごく、同時に粉雪を浴びたその人の息吹きが、外氣に粗い。ああ　やりきれない音楽が初まる。

そこに在るのは誰だ。鎧戸を内から己は手觸れる。その人は應へない。髪は悪様にみだれて、だが石のやうな片頬には、薄るばかりの笑ひが殘る。殘されたままに、刺しとほす外氣に凝結してしまつた。年のころはわからぬ、その人は絶えずヴアイオリンをかきむしり、瘠せた低調音で知らぬまに己をこんなにも陰欝にさせてゐたのだ。何かひどい厭嫌の表情がその眼に上る時、血は悪寒のために泡立つてくるのだ。ペリカンのやうに佇んでゐる影は、下手くその音楽を止めない。

絶妙の技を聽かせるためか、自らの軌路を街から避けるためか。見も知らぬ風来楽人はなんのために、時を辨へず通路もないこの中庭へなぞ紛れこんだのだらうか、己は知らない。愈々その妙技は苦しくなり、見放された館に傳承する寂寞の響と入り混つて、己をじりじりと悪辣に饗應するのだ。宿酔のあさましい悔恨に背をむけ、己ははげしい忿りに身を慄はす。混亂する。——

突として風来楽人は消え去り、低調音は絶た。棧の隙間から腕を差しいれ、不思議な笑ひで己にまで黙契するのは、前夜の酒肆での男ではないか。この復讐！

街は、雪の日にみえぬ綾のむかふに沈んでゆく。

幻想とも言える男が出てくる。その男との対話が詩の全体を覆っている。私にはこの男が三人の詩人〈ボードレール、ランボー、ロートレアモン〉のいずれかではないかと思える。

柊ノ斷章

コノ蔭地ニ癈レ
柊ノザワザワ騒イデル梢ノアタリ
木造小屋ノ窄イ天窓ヲブチ壊シ、黒イ
マントヲ翻ス鳶ノヤウニ身ヲモダエルオレハ
兇牙利青ノ寒流ガ果テルトコロニ飛ンデユクノダ
拍手サレルナ
烈シイ吐瀉ヲスル

煌メク妄想ノカナシイ落差ニイリ交リ
ナント青褪メタ地形ノ頑ナ、起伏デアラウ
誤算ニハ追イツケナイノカ
横ニナビイタ無様ナオレノ格好ハ
恐ロシクモ大笑ヒニ哄ツテヰルデハナイカ
子二月　手ヲアゲテナニヤラタカク叫ンダガ
冷酷ナ一瞬ノ哄ヒノ裡ニセリアガル幻象ハ凄マジク
ナカニモ零度下ノ大圏ヲ衝イテノシカ、ル
積材貨車ノヒトリノ乗務員ガ　凶暴ナ
死ノ面ニ攫[1]ミカ、ツテユク《冬ノ眩暈》
シグナルニ火ハ放タレ
火ハ凍リツク脳漿ヲ吸ヒアゲテ　人氣ナイ
荒蕪地ノオクニ呼吸ノツマル太陽ガ
マノアタリ暗黒ノ穴ヲドギツク見セテヰレバ
アア、ソレガイキホヒオレノ錯亂ヲ掻キタテ、ユク
退イテクレ　邪悪ナ未見ノ星ノムレ
墜チヨ。コノ涸イタ土地ヨ

瑠璃片ヲアビテ血ミドロ蔭地ノ隅ニ轉ガル手風琴
柊ノ木ノ葉ヲトバシ、鳴ラサバ鳴ラセ
オレハ再ビ投身スル

註

（1）攫（つかむ）について　複写原稿では「文」がない漢字で表記。前後の文脈から「つかみかかる」と推測して『広辞苑』で確認し「攫」を充てた。原文は誤植と思われる。

末尾にある「凍リツク脳漿」、「荒蕪地」、「暗黒ノ穴」、「錯亂」、「涸イタ土地」、「投身」は「ウルトラマリン」の語調やスタイルで書かれているが、読み解くことはできない。

高橋新吉

今日、高橋新吉に就て語ることは、當世向き□諸君にとつてもう何の興味も引かず、寧ろ退屈なことに違ひない。だがいくらジダバタしても彼の無雑作な坐席はこの狭苦しい詩壇に見られなくなつたのだ。彼はその生涯の一部分で己の二十代をあわたゞしく掠めたに過ぎない。だがそれだけで充分だ。たとへ不器用にしか語れないとしても、彼を知ることに誤りはないでだらう。

●ヨレヨレの着物。困憊した、光るマナコ。暗鬱な柔しい微笑。それらをごつちゃにした上に、幾分肩をそびやかして、懐手して、自分の面の向いた方へ流れるやうに歩ゐた彼。その一見不確実な足取りは、何か真実の跡を己等に見せてゐる。他からは氣狂ひ扱ひにされ、自分もそれをおだやかに認めてゐた彼の、言ひやうのない放肆には何の理窟があつた訳でもなく、ただ最も当たりまへの気持に合つたまでの事なのだ。もつともらしく彼の生活や芸術の根元のやうに言ふのは滑稽な話だ。では今ダダでもあるまいと言ふのか。ダダがダダであることは水が水であるやうに自然で、千年が万年でも可能ではないか。『ダダの背後には一切陣取っている』と言つた言葉は彼に在つて、唯一の無権威だ。単にタダイストとして見做す前に、己等は彼がタダの消滅に関することなく、その特異な存在を失はぬやうに注意しよう。彼にとつてダダは重要な責任ではない。それは泥煙草の脂でもあらう、或は累んでゆく下宿代にもなるのだ。彼が『一切を断言して否定する』ことに何の異議があらうか。ブルトンが言ふ、ダダは本能のみを認めると。高橋新吉は本能を愛した。本能の中でのみ行為した。だから、『宇宙は石鹸だ。一切は可能』となつて来るのだ、世俗的に何等行為でなかつた彼は、カラの高い有為の詩人よりも遙かに人間ではなかつたか。大体有為の詩人とはなんだ。

●一九二三年二月、背徳無頼の書『タダイスト新吉の詩』をもつて現れた彼は、確かに日本のオドロクベキ一人となつた。その巻頭二十八頁にわたる、佐藤春夫氏の實に理解の深甚なる紹介を讀めば、なによりも高橋新吉の輪郭を會得することが出来よう。（あゝいふ風に理解され、ば涙がコボレル）それに二つの書に就いては多くの人が批評済みだ。無数の饒舌をやめて己は自分流に彼を見やう。

彼に在つては現實と非現實とが「小便と夢」のやうに混らない。それが莫大な悲しみをもつて彼に詩を書かせる。現實は破れかぶれだ、一握りの空氣だ。茫漠たる現實を切りつめて来ると、結局一點の我に還って来る。どうにもならない状態がギリギリ密集して「生まれたこともなければ、太陽舐つた事もない」状態になつてくる。不潔な單語が連續する。脳髄が曝露する。彼がはげしく欲望した眞實が彼にいささかの作用も動きかけず、寧ろ彼の方からそれに作用した場合が多いのではなかつたらうか。彼の愚劣な人間的行動や悲しくも唐突な發聲は、頽唐をきわめた彼のさびしい心が眞實に對して反抗と自爆とをなぐり込んだ結果であつて、彼の本質を理解せぬ者には永久不可解の彼岸であらう。

『糞の神の支配』（ストリンドベルク）に足を入れて、嬉しいやうな又誰にも知れぬことを悲しんでゐるやうな、彼の開け放しの歪んだ笑ひは、無秩序と自信と風狂とが交錯して全然本能的なものに充ちてゐた。隙間だらけの彼の血力をつらぬいて、薄弱な意志がしばしば彼自身の内に異常な衝動を捲き起すのは、現實に對する自覚が孤獨から恐怖へまで発作する。事狀ではなかつたか。均衡をくずしてゆく肉体の底の方で、彼はもう逆行することのない自分を、叫んでゐたのだ。北欧のムンクに『叫び』といふ画がある。あの画面を充してゐる不気味な、耳にき、とれない叫びが、ムンクの冷酷味には缺けてゐるとしても、彼の裡にあつたとしては不適当だらうか。空洞のやうな所から声を出して物を云ふ。それは暗黒だ。

彼の絶望は、（そこに特殊の諧謔を、皮肉をのぞかせ乍ら）常に漠然と眞實に對する愛を暗示してゐる。

●『高橋新吉詩集』が佐藤春夫氏の編輯で出版されたのは一九二八年九月の事だ。氏は序の中で言ふ。

見よ、二度氣がふれたと人のいふこの雄鶏は／落日を見て時を告げる。／彼の眞劍な抒情詩は／勇ましくをかしく悲しく眞劍だ。／……………／空氣の中に密度の違ふエーテルを／おくり出して一刻の朝を創造する。

或る時、濠端の酒場で酒を飲んだ。彼は惚れてゐる女のことを繰り返し話し乍ら、上氣嫌で酔拂つた。自分の顔を毀れた鏡に映して、おどけてゐた。己が序のことを言ふと彼に「いい加減なものさ　春夫の奴仕様がないぞ」と、自分を嘲けるやうに憫むやうに、不特要領に笑つてゐた。だがこの最後の詩集は五年前の溌溂さが無くとも、平静なかなしみが鮮かに果實を結んでゐる。

「百一篇は解きほぐされた彼の骨だ。

●鐙を踏み外すことは生なり。全き調和は死なり。太陽も僕から見ると子供だ。（以下略）

これは冒頭の詩。餘りにも彼は鐙を踏み外し通しであつたらう。ああ　非理性のなんたる経験。

私はかたはらへ手をやつた。／すると彼女は死んでゐた。／柔らかい風呂敷に過ぎなかつた彼女／おう眠れ眠れ／しずかに／外には雪が／傘と置き忘れたものの上に降つてゐた。（14）この抒情。／訪問して何が残る／扇子の骨の如き／暗いもの。（23）珍らしくひそやかな鬼氣だ。

「世の中には眞實もあれば誤りもある。眞實も誤りと同じく詰らないものである。（36）まつたく詰らないものだ。「どこに何があるかわからないやうな人間」「全體として彼は生きてゐない」ことになるのだ。彼はそのやりきれない倦怠を埋めるやうとして「私は全然空氣の變化したものに過ぎない」などと言ひ出すのである。／

……………

此の世に私の望むところのものは楽しい食事と／其の外には何もない／赤い花が喜んで實を結ぶであらうやうな事を私のたましいは求めない。（46）／だがその楽しい食事にもあまりめぐまれず、赤い椿の花を封筒に入れて、遠國の女に迷つたりなどしてゐたのだ。／×聽て死ぬ日の事を思つて私は／寒い海岸町を歩いてゐた／私は物事が凡て静かになるのを待つてゐる。／×逢へば物事が凡て静かになるのを待つてゐる。／×逢へばいつでも自分の健康の事しきや話さない。それが僕だ。僕はどんな死に様をするだらう。／×獨りで死んでゆくことは何と云ふさびしい事であらう。／凪もないのにヒラヒラ木の葉が散るやうに、砂利石を敷き詰めた裏庭に猫が遊んでゐるが、誰も死ぬなんて思つてゐない。

直接死に就いて歌つてゐる詩には優れたものがない。最も彼らしく好もしい詩として次の詩は如何だらう。

人生に目的があつては面白くないだから／僕は障子の破れから覗くやうにして／足音をぬすみきかないでもわかるやうにして／女が訪ねて来るのを待ってゐる女は僕を訪ねて来るのではない／隣の室の男を訪ねて来るのだ腹かきさきて死にたくなりぬ。

(92)

「腹かきさきて死にたくなりぬ」を節をつけて口の中でよく獨言してゐた事もあつた。彼の詩を一々ここへ書き連ねる譯にもゆかぬ。彼にのみ許された奇異なる語法で書かれた詩も、今となつては絶對に高橋新吉の上を越すことはない。無責任なこの一文を書き乍ら、己はもつと詳細に傳奇的に彼を描きたい欲望に驅られるが、その技能を残念にして持ち合わせてゐない。彼の詩が結局本物であることは、その視點の強弱にかゝわらず彼一流の確實さを持つてゐるからであつて、又それが彼の狂疾の大半を

誘引してゐたことにもなるのではないか。（ニイチエ）

「私が生れた時、不渡手形が発行された時、そこに穴があつた」生まれながらにして破産し、行きずまつた彼は、その生涯を通じて矛盾撞着の本能的権化であつた。彼の数多い挿話あるが、それらは別の機會にゆづるとして、タダイスト新吉の唯一の名をもつて呼ばれた彼が、末年しきりとエンゲルス論などを讀み耽つてゐた事は如何いふ事なのであらうか。

『彼が笑ふといふ場合彼は何處にも居ない。たゞ笑ひがあるばかりだ。許されよ』

斯ふ言つて高橋新吉はそつぽ向いて笑ふばかりだ。のネジの弛るんだ、ガタガタする、それでゐて妙に彈條（ばね）が人の胸に絡む、店晒しの自動人形のやうな彼。埃をあびて、往来に向い硝子板に、何時迄目を見張つてゐるのだらうか。扱ひにくい自動人形は自分のオルガンパイプを毀して、聞く人の耳を聾してしまふのだ。恐らく人世のことは惨酷で淺薄である。人事風物を移動する。幻象を視る者のみが、實に無・有の領域に足を踏み入れることが出来よう。高橋新吉の場合、それを問題とする程、悪くロマンチツクに見得を切つてゐないのは美徳ではないか。

その詩集出版の會をひかへて、海のやうにその行方を深く没した彼は、再び東京へは現れず、その後一年一九二九年秋生來の狂疾が決定的な禍をもたらして、遂にその生を郷里に斷つたと聞いた。そこで彼の笑ひ、殘つてゐる笑の暗澹たる輪廓に沿うて、東南風の滲みるやうな優しさと自棄。
生が唯一のものではない／言葉の上で跳躍するのにも飽いた／生きる上に何の弁解が要らう。(100)
だんだんに暗くなる世界は、オットセイのやうな彼の名に於て、許されよ。一九三一・五・十九
――これを書きをわると、草野心平、尾形亀之助の両人にあひたくなつた――
※(14)～(100)の表記は不明。旧漢字を一部直した。

ダダイスト高橋新吉の詩的基底を日常や作品を通してスケッチした、十三枚前後の詩論（五十二字×二十二行）。この詩論はその後、昭和十年に書く「修羅炎上」（高橋論）の習作あるいは序論に当たる。「修羅炎上」はこの稿でも採り上げられている「死」から始まっている。「高橋新吉」稿の発見で「修羅炎上」を確認して「修羅」の語彙にあらためて新しい意味を感じた。これも「判じ物」の暗号コードであろうか。

ダダについて（ブルトン）、死について（ニーチェ）を付している。

年譜（追補）

逸見猶吉は明治四十年九月九日、父東一母みきの四男として、下都賀郡谷中村大字下宮（現栃木市藤岡町）に本名大野四郎として生まれる。翌年、一家は東京府豊島郡岩淵町（現東京都北区）に移住。岩淵尋常小学校、暁星中学を経て、早稲田大学に進む。

暁星中学の頃から回覧雑誌、同人雑誌の活動を行い、昭和二年の時、高橋新吉を訪問。以後佐藤春夫、緒方昇、草野心平、萩原恭次郎らの知己を得る。

昭和三年、学生でありながら神楽坂でバー「ユレカ」を経験する。この年、北海道へ二度旅行し「ウルトラマリン」第一〈報告〉を脱稿。逸見猶吉を名のる。翌年、詩誌『学校』にこれを寄稿。続いて『学校詩集』に「ウルトラマリン」三部作を寄稿。吉田一穂の激賞を受け日本詩壇に登場することになる。以後『詩と詩論』他十一誌に詩、エッセイ、詩論、童話などを発表。昭和九年飯尾静と結婚。翌十年『歴程』を創刊する。同人は菱山修三、岡崎清一郎、草野心平、高橋新吉、宮沢賢治（遺稿）、土方定一、尾形亀之助、中原中也。同十二年、日蘇通信社新京（満州）駐在員として赴任。『満洲浪漫』他四誌に詩、エッセイを発表。同十八年、関東軍報道隊員として北満に派遣される。同二十一年五月十七日、肺結核、栄養失調のため新京（現　長春）で死去。享年四十歳。東京王子の紅葉寺、大野家菩提寺に眠る。

追補

大正十二年　一九二三　十七歳

アルチュール・ランボー　ヲ読ミ、「母音」voyelles ヲ翻訳。

大正十三年　一九二四　十八歳

一月、『二人』第二集ヲ発行。六月、『ＶＡＫ』ヲ創刊。同人ハ大野四郎、林広治、長瀬武郎ノ三人。チェホフノ短篇ヲ翻訳スル。七月、林広治ト『ＭＡＶＯ』ノ村山知義ヲ訪問。メレジコウスキーノ四幕悲劇「ミシェル・バクーニン」ノ翻訳ニカカル。油彩二点を同誌に発表する。***1

大正十五年・昭和元年　一九二六　二十歳

四月、早稲田大学専門部法科ニ入学。

十一月「詩と舞踏と演劇の夕」太平洋詩人・女性詩人主催に参加。自作詩朗読のメンバーに逸見猶吉の名がある。***2

昭和三年　一九二八　二十二歳

＊牛込神楽坂デ　バー・ユレカヲ経営。（春）と***3秋、北海道へ旅行。　「ウルトラマリン」第一ノ「報告」ヲ脱稿。逸見猶吉ヲ名ノル。

昭和六年　一九三一　二十五歳

三月、早稲田大学政経学部ヲ卒業。十月、草野心平ト詩誌『弩』ヲ発刊、一号デオワル。

＊草野心平詩集『明日は天気だ』（九月、溪文社刊）ノ表紙意匠ヲ共同制作。
宮城県石巻市の詩誌『港』に詩篇「無題」を寄稿。*1　『児童文学』一号に童話（翻訳）「改心した百姓」を発表。*2　『詩と詩論』十一号にエッセイ菱山修三詩集「懸崖を読んで」を発表。*3　『歴程』復刻九号に詩篇「裸身」を発表。**1
『詩神』（昭和六年・二月号）に「高橋新吉」発表。***4

昭和七年　一九三二　二十六歳
十月、季刊『新詩論』創刊。吉田一穂、宍戸儀一、佐藤一英、逸見猶吉、菱山修三、岡崎清一郎ノ編集。「兇行」ヲ発表。十一月、時事新報広告代理店万来社ニ勤務。
『新詩論』創刊号の装幀。ランボー「母音」原文を逸見が筆写しデザイン化した。*4　『文学時代』二号に詩篇「マネキン」を発表。*5　『児童文学』二号に童話「火を喰った鴉」を発表。*6　『文芸汎論』に詩篇「雪の館」を発表。***5

昭和八年　一九三三　二十七歳
＊草野心平ノ店（喫茶店、羅甸区）ヲ草野心平ト共同設計スル。＊「この人世から荒々しい金鉄の愛を奪ふために」ト巻紙ニ大書スル。（小森盛、所蔵）
『文芸汎論』に詩篇「柊ノ断章を発表。***6

昭和九年　一九三四　二十八歳
＊『三田文学』五月号ニ、宮沢賢治ニツイテ「修羅の人」を発表。＊改造社版『日本文学

講座9　新詩文学篇』（十月刊）ニ「蒲原有明」ヲ発表。
当初、『歴程』の同人予定者は高橋新吉、草野心平、菱山修三、岡崎清一郎、吉田一穂、尾形亀之助、渡辺修三、土方定一、逸見猶吉、高村光太郎の十名であったことが、岡崎清一郎宛手紙（二月二十三日）に記載されている。（推定年度は昭和九年）*7

昭和十年　一九三五　二十九歳
五月、詩誌『歴程』創刊。『日本詩壇』四号ノタメ「群」（未完）ヲ発表。
『歴程』発行所は東京市小石川区白山御殿町一〇六（逸見宅）。*8　同誌にエッセイ「感想」を発表する。『コスモス』に「修羅炎上」を発表する。*9

昭和十一年　一九三六　三十歳
三月、長女多聞子生マル。（約一年後、死去）
『作品』八十号に詩篇「にせあかしやの梢まで」を発表する。*10　『歴程』（通巻二、三号）ニ、エッセイ「手帳より」を発表する。*11　『歴程』四号に詩篇「手帳より」を発表する。
**2

昭和十二年　一九三七　三十一歳　満州デハ康徳四年
一月、日蘇通信社新京駐在員トナル。
六月に渡満。（昭和十二年六月十四日、岡崎宛手紙に表記）*12

昭和十三年　一九三八　三十二歳　満州デハ康徳五年

十月、在満作家タチニヨル季刊文芸誌『満洲浪漫』第一輯（北村謙次郎編集）刊行サル。コノトキ、矢原礼三郎ノ紹介デ北村謙次郎、長谷川濬ト知リ、参加ヲ慫慂サル。草野心平満州、中国視察旅行の際、新京で逸見と緒方昇に会う。**3

昭和十四年　一九三九　三十三歳　満州デハ康徳六年

一月、ハルピンニ遊ブ。六月、長男隆一生マル。

『満洲浪漫』にエッセイ「言葉を借りて」を発表する。*13『歴程』十四号に詩篇「無題」を発表する。**4

昭和十六年　一九四一　三十五歳　満州デハ康徳八年

四月、満州詩人会結成サル。

＊満映（満州映画協会）ノ坪井与ノ依頼デ、初対面ノ檀一雄ヲ勤務先（満州生活必需品配給会社）ノ弘報科ニ世話シ、機関誌『物資と配給』ノ編集ニアタル。

『歴程』（通巻十四）に詩篇「無題」を発表する。*14 映画『松花江スンガリ』の作詩を担当（未収録詩篇、公開は昭和十七年頃か）。*15『作文・48輯』に「葦河」（未収録詩篇）を発表する。**5

昭和十八年　一九四三　三十七歳　満州デハ康徳十年

一月、関東軍報道隊員トシテ北満ニ派遣サル。「黒竜江のほとりにて」ヲツクル。三月、新京中央放送局ノ依頼ニヨリ「歴史」ヲ自作朗読。

『満洲芸文通信』三号に追悼文「木崎龍（中賢礼」追悼」を書く。＊16
昭和十九年　一九四四　三十八歳　満州デハ康徳十一年
四月、三男雄示生マル。＊関東軍機関誌『満洲良男』ニ「わが庭に題す」ヲ発表（未収録詩篇）。青磁社版『歴程詩集』二六〇四版（十月刊）ニ前年ノ作品五篇ヲ寄稿。
昭和二十一年　一九四六　四十歳
五月十七日、午前五時十分、長春南郊の自宅（旧、安民区映画街七〇六番地）デ、肺結核、栄養失調デ死去。
※洲について戦前の書誌名はそのまま表記した。
※カタカナ表記部分は菊地康雄編より引用。
享年四十歳。＊＊6翌日、近親者にて火葬。（正式には）新京特別市永寿街七〇六いノ一号。
＊＊7法名「長安道猶信士」金剛寺（生家菩提寺・東京都北区滝野川）に眠る。＊＊8

住所の変遷**9

（明治四十年）栃木県下都賀郡藤岡町大字下宮一番地（谷中村）

※（明治三十九年に谷中村は藤岡町に合併）

（明治四十一年）東京府北豊島郡岩淵町大字本宿八五一番地（現在は東京都北区岩淵町）

（昭和七年と推定）東京市外野方町新井四一八

（昭和九年）東京市渋谷区八幡通り一の八岩田方

（昭和十年）東京市小石川区白山御殿町一〇六

（昭和十二年）満州新京安達街　日蘇通信社新京支社兼住居

（昭和十四年）満州新京特別市安達街七一〇　安達アパート　正式には「永寿街七〇六　いノ一号」とある。

※住所は戦前の手紙、『歴程』、尾崎寿一郎『逸見猶吉 火檻褸篇』を参考にした。

※満洲の洲については主なものは州で統一した。

※この年譜（追補）は菊地康雄編『定本逸見猶吉詩集』年譜に研究の過程で入手した31項目（*〜***印表記）を追加補足した。これは『時代23号・逸見猶吉特集』で16項目*と『逸見猶吉研究（予稿）』（平成二十八年）9項目**と今回の『逸見猶吉研究』で6項目***である。

第二部

研究編

ウルトラマリンの意味

昭和四十二〜三年頃、技術研修で数か月東京に滞在した。休みに新宿、紀伊国屋書店によく出かけた。二階の書店展示コーナーに赤い布製装丁の『定本逸見猶吉詩集』を見かけた。他の何冊かも展示されていた。この展示は出版者小田久郎の思いが紀伊国屋に伝わったものと思える。翌年に刊行された『逸見猶吉ノオト』も出版者は小田である。

何度か行くうちに詩集の姿が消えていた。急遽、市谷の思潮社に詩集購入に伺った。担当者が「倉庫にあるか、見てみますから」と倉庫に案内して「保存用だが、これでよければ……」と言って詩集を手渡してくれた。研修宿舎に戻って読みだすと、さっぱり分からない。全体、分からない部分が分からない。詩とおぼしき、詩とは全く異なる語彙や詩行が大判の活字で並んでいる。何かの記号のようにしか見えないというのが第一印象であった。その中で「ウルトラマリン」[1]という語彙が焼き付いた。それ以降、私は逸見詩読み解きの長い旅に出発した。

読み解きを断念し、未収録作品収集に没頭し、昭和六十二年に『逸見猶吉の詩とエッセイと童話』を上梓するが、逸見詩の基底も外郭も不明のままであった。それが、ようやく尾崎寿一郎の逸見研究予稿に「ウルトラマリン」の語彙を発見した。この語彙がランボーの作品にあることが分かった。以下、ウルトラマリンについて述べてみたい。

逸見猶吉詩集は戦前、逸見自ら編集したが未遂に終わった。満州で親交のあった菊地康雄がこの編集に倣い『定本逸見猶吉詩集』（一九六六年・思潮社）の出版に尽力した。構成はウルトラマリン十九篇、牙のある肖像六編、地理編十三篇である。菊地はこれに初期詩篇四十一篇を追加した。この詩集を読むに際し困ったことがあった。それは最も作品の量が多く、逸見猶吉の代表的な三篇の作品と詩篇十六篇の表題になっている「ウルトラマリン」という語彙の意味が何なのか不明のまま現在にいたっている。ある人は「海の色」と書き、別の人は「冥界」と断言する。逸見の詩を読む前にこの語彙で立ち往生したが、ある時突然に謎が解け始めた。

発端はウルトラマリンについて従来の翻訳は日本語の青の別称であったが、尾崎寿一郎著『ランボー追跡』の「酔いどれ船」解説の二十節の四行の末尾に原書のカタカナ書きの「ウルトラマリン」がそのまま引用された。出典は青土社『ランボー全集』平井啓之他訳である。考えれば紺青＝ウルトラマリンになるのだが、考えもしなかったことが不思議である。

逸見は旧制中学時代に画家を目指していた背景からこの洋画の代表的な絵具の名称を選んだのではと考えたが、作品の傾向とこの材料がどうしても繋がらないのである。ウルトラマリン〈海を越えた、の意〉はラピスラズリ（アフガニスタン他、産）を原料とした高価な絵具であったが、一八二四年、フランスで合成化され、絵具として普及したことが記されている。作品の喩からランボーは革命その他の情況をこの絵具の語彙で暗喩化したものと推測できる。

逸見のランボーに関わる言及を考えれば「母音」の翻訳後に「酔いどれ船」も読んだに違いない。そして、この条文に遭遇したものと思える。語学的天才（緒方昇・談）と称された逸見の解読力と感性の前でこの語彙に象徴化されたものを瞬時に捉えたものと思える。

四行×二五節、百行の作品である。一八七一年にヴェルレーヌに会う時に持参したもので、ボードレール「旅」がモチーフになっていると言われている。パリ・コミューンの挫折感を翌年に自ら回顧しているように歌劇調の序破急で構成している。ボードレール「旅」と異なっている点は背景の違いと「視難きもの」についてボードレールが希望的願望に対して、ランボーは断言している点が挙げられる。

作品の末、二十節後半の原文を引用する。

Quand les juillets faisaient crouler a（、）coups de triques
Les cieux ultramarins aux ardents entonnoirs;

ウルトラマリンの語彙が載っている二十節の後半の翻訳を挙げると次のように訳者によって微妙に訳し方、表現が異なっているが、青の形容の対象は天空である。

／時しもよ、七月の一丈一撃して打ち毀つ頃ぞ、／火炎の漏斗にも似し紺碧の天を。

（堀口大学訳）

／それ、革命の七月は、丸太棒の一とたたき、／燃ゆる漏斗の形せる、紺青の空をぶちのめす。（小林秀雄訳）

／時は七月 陽光の棍棒の滅多打ちに／ウルトラマリンの大空は燃える漏斗となって崩れ落ちた。（平井啓之訳）

「紺碧の天」（堀口大学）、「紺青の空」（小林秀雄）、「ウルトラマリンの大空」（平井啓之）、それぞれの天や空は打破される。天や空とは喩として見ると情況とか世界、この作品の視点からすれば体制と読める。「七月」は一八三〇年、フランスの七月革命で、飛躍すればパリ・コミューンの喩でもあったのではないかと推測できる。

その天や空を形容する言葉として紺碧、紺青、ウルトラマリンがある。一般的に見ればそれぞれの青は清涼な形容となる。しかし作品のモチーフである七月革命やパリ・コミューンを考えるとこれらの情況とか世界および体制は決して清涼な青ではなかった。むしろ禍々しきものであった。ランボー自らが翌年に書く「錯乱Ⅱ言葉の錬金術」の中で青について「黒の混じった青」と表記している。このことを勘案すればこのウルトラマリンはパラドックスとしての青ではなかったかと推測できる。つまり、このウルトラマリンと形容した情況とか世界および体制を含めた語彙として括られる形容ではないかと想定した。

ウルトラマリン三部作のウルトラマリンの行を列記すると次のようになる。

1「報告」二節構成(一節二十七行、二節十三行)。

一節冒頭に

　血ヲナガス北方　ココイラ　グングン密度ノ深クナル/北方　ドコカラモ離レテ
荒涼タル　ウルトラマリンノ底ノ方へ

「荒涼タル　ウルトラマリンノ底」は地域や風景をイメージできるが、これを荒涼たる北方と決めつけてよいものか、躊躇する。前後の詩行から作者は呟き、絶叫している。「ウルトラマリンノ底」とはひとつの場所ではないのではと思う。

二節終行に

　ドコカラモ離レテ荒涼タル北方ノ顔々/ウルトラマリンノスルドイ目付/ウルトラ
マリンノ底ノ方へ――

がある。この行についてもウルトラマリン=北方の顔、鋭い目つきの、人または獣のように読めるが、暗喩から判断すれば違うように思える。

２「凶牙利的」十六行構成。

この作品にはウルトラマリンの語彙は無く、モノローグしかない。孤高に、絶望のままに虚空に向かって絶叫している筆者の思いが書かれている。

３「死ト現象」三節構成（一節二十行、二節五行、三節七行）。

一節中程に

ウルトラマリンノ風ガ堕チ／ウルトラマリンノ激シイ熱ノ勃ルトコロヤガテハ燃焼スル／彼処荒茫タル風物ノ／奥デ　ソノスルドイ怒リニ倒レテアルモノハ何カ

「ウルトラマリンノ風」＝熱を発するもの、熱情と飛躍としたらどうかと読んだ。
「ウルトラマリンノ激シイ熱ノ勃ルトコロ」＝この行も同じく読める。
この三篇にあるウルトラマリンの筆者の背景にランボーの喩＝情況・世界・体制を置いたら我田引水であろうか。
私はランボーのウルトラマリンの喩をパラドックスとしての青、即ち非清涼のものであると

昭和３年、バー・ユレカの外観（大野五郎氏によるスケッチ）

解釈した。外的で具体的なものではなく内的で抽象的なものとして捉えた。

　逸見のウルトラマリンの喩は詩と生活の背景にある苦役の総体なのではないかと推測した。

　しかし、この論稿の後、「べエリング」の読み解きに進んだ時に、「ウルトラマリン」に、また異なる意味が含まれていることが判明する。「詩篇べエリングを読む」を参照。

註

（1）ウルトラマリン　昭和四年詩誌『学校』にウルトラマリンの表題で第一「報告」その後、『学校詩集』に三部作として「報告、兇牙利的、死ト現象」を発表する。この作品を吉田一穂が推讃し、逸見は日本詩壇に登場することになる。

詩篇「ベエリング」を読む

『定本逸見猶吉詩集』の冒頭に「ベエリング」が収められている。買い求めた当初から何が書いてあるのか分からないまま幾十年も過ぎた。ある人から「逸見論をやりなさい」と言われても判じ物である詩篇の意味するものがほとんど理解不能である。数年前からこの判じ物が一つ二つと語り始めた。

この詩集は昭和十九年前後に満州で逸見自ら編集した一章「ウルトラマリン」、二章「牙のある肖像」、三章「地理編」を菊地が記憶していて、これに倣い編集したと詩集の後書きにある。しかしなぜ、逸見の代表作であり日本詩壇に登場する起点となった「ウルトラマリン三部作」の前に「ベエリング」(1)が構成されたのか。これが第一の疑問で、第二の疑問はこの作品発表時(「詩と詩論」昭和五年)にはタイトルの左に献詞「―親愛なる人　C・B―」が付されていたが、定本詩集には付されていない。

このC・Bは逸見研究家尾崎寿一郎の指摘通りシャルル・ボードレール(Charles・baudelaire)に違いない。なぜならば逸見はランボー「母音」翻訳の翌年(大正十三年)に同人誌「VAK」にボードレール論「異端と神秘」(未見)を書いている。この資料は昭和五十六年に大野五郎さんの益子来所の時「逸見研究のため菊地に若い頃の作品等を貸した」と聞いた。これらの資料の中にボードレール論も含まれていたはずである。菊地は『逸見猶吉ノオト』でこのボードレール論は原文を引用したものであったと述懐し、暁星中学時代の回覧、同人雑誌を引用している。両人とも物故された今、資料の存在は行方不明であるが、ボードレールを敬愛するに足る軌跡でもある。

読み解けぬ苦しさまぎれに「ボードレールとベーリング」をインターネットで検索してみた。するとフランスではボードレールの詩篇「人間と海」が国民的に愛唱されていることが載っている。

自由の人よ、君はいつでも海をいとしむだろう！／海こそが君の鏡だ。君は自分の魂を／限りなく寄せては返す波にみる、／そして君の精神深淵の苦さにおいて劣りはしない。（「人間と海」冒頭）

この「人間と海」を確認すると「ボードレールは海を魂と書いている」という解説に出会う。つまり、海は「魂＝精神」の喩であることが分かってきた。

それぞれの語彙の意味を考えると次のように読める。

1　海＝魂（心、精神、気力）

2　ベエリング＝ベーリング海峡＝極北の海＝極限の魂

海というイメージで思い浮かぶのはボードレールの「旅」であり、その「旅」をモチーフにしたランボーの「酔いどれ船」である。このことを勘案すれば両者は海を疾駆する詩であり、魂＝精神の旅である。ちなみに「酔いどれ船」にはウルトラマリンの語彙が存在している。このように、つじつま併せのような推理をするとボードレールとランボーは連接し、二人に関わった逸見の詩と生活にとって二人の存在は深い影響を及ぼしていることが分かる。

ベーリングは極北の海である。この喩を重ねると極限の魂（精神）と読める。更に喩を拡大し、じいっと考えると奇妙なことに気づいた。ウルトラマリンはベーリングと通底しているのではないかという発想が浮かんだ。なぜならウルトラマリンを分解すると「海を超えるもの」であり「ウルトラ＝極限、マリン＝海」つまり極限の魂とも読める。この字義を辿るとボードレールとランボーの詩感に類似している。

逸見は「ベエリング」を「精神の極限」と捉え自らの詩の基底としたものと思える。つまり、極限なる精神＝超自我とはボードレールからランボーに至る象徴主義の核としての意識「他者」に繋がっているのではないかと思えたのである。

ベエリング
―親愛なる人　C・Bに―
霙フル　※1

ドット傾く
屋根ノムカフ　白楡ノ叫ビニ耳ヲタテル　昏イ　※2
憂愁ノヒト時ヲ荊棘ノヤウニワルク酔ツテイルノダオレハ
灰ノヤウナヒカリガ立チ罩メ　君ハモウ酒杯ヲ取ラウトシナイ
裁チアガル　オレヲ看ル
オレタチヲ冒シテル蒼褪メタベイリング　※3
（中略）
冷タイ明眸ニブキミナ微笑ヲタタエル君ノ　※4
スルドク額ヲ剞ルモノ　何トイフソノ邪悪デアラウカ　※5
椅子ノモツレタ位置カラ遠ク　鉄ノ滲ミイル屈折カラ
塩ノムゲンナ様子ガシレテ　今コソ
ベエリングハ真向カラノ封鎖ダ　※6
霙フリヤマズ　夜トナル　（全二十行）

「海は魂＝精神」を参考に詩篇を読む。全行について読み解くことはできないが部分について私なりに解釈したい。
※1～2　霙、白樺は北国を想起させるが、テーマの鮮明化の背景として添えられたのでは

ないか。
※3　我々を侵略する極限の魂（精神）と読める。
※4　ボードレールの肖像を彷彿する。
※5　君は激しく頭脳を蹂躙する何という邪悪は厳格さと読める。
※6　極限の精神は閉じられる。
何を言わんとしているのか正確には読み解けないが、部分的な意味を繋ぐと精神的な対峙、闘争、苦悩といったものが詩の中核になっていることが想像できる。この作品を詩集の冒頭に据えた意味、それは逸見の詩に対する確固たる意志であり基底であり、ボードレールへの敬意であると共に、ベエリングの語彙がウルトラマリンをも包括する意味を持っていたことが窺える。

基底にあるものはボードレールの象徴主義(2)であろう。昭和九年から十二年にかけて蒲原有明や北村透谷を書いたことも象徴主義に起因するものと考えられる。

このベエリングの語彙は逸見の詩法の中核となったものと思える。逸見の詩的変化―突然変容の第一の要因である。

「ウルトラマリンの意味」では喩の解釈で不明のまま終わったが、このベエリングの解明により情況、世界、体制が魂＝精神であると確信した。ウルトラマリンとベエリングは通底しているのである。

註

（1）ベエリング　ベーリング海、カムチャッカ、アラスカ半島、アリューシャン列島に囲まれた最北部の海。

（2）象徴主義　高踏派や自然主義の客観描写に対して、主観的な情緒を象徴によって表現しようとする芸術上の立場。十九世紀フランスに起こった文学運動のひとつ。仏〜マラルメ、ボードレール、ヴェルレーヌ、ランボー、ヴァレリー、英〜イェーツ、独〜リルケ。象徴詩・音楽的、暗示的な形で、直接つかみにくい内容を表現すること。

追補

この論考の発表後に菊地康雄『逸見猶吉ノオト』二四六ページに次の条文を見つけた。菊地はウルトラマリン一連の作品の背景を、

ブレキストン線（津軽海峡）をのりこえたのは、おのれを禽獣になぞらえることによって自然界の法則を内蔵感覚でうけとめ、そこに思想的な悩みと情痴的な苦しみを解決せねばならない衝迫があった。日本海、あるいはオホーツク海のどよめきに遠くベエリング海をおもい、そこに〈北方〉を幻覚して、ぎりぎりまでに逼迫（ひっぱく）した情緒を死の極点にぶっつけたい意志をあらわにした彷徨ではあったが、（略）それが、オホーツク海の色の深さに触発されて、「詩とは極限にさまよう精神である」と、

はじめて自分に言い聞かせることができたのである。

※死は詩の誤記か。

この中の「詩とは極限にさまよう精神である」の表記が逸見なのか菊地なのか明確ではない。「詩とは極限にさまよう精神」はよく書けてると思った。正にベエリングの喩そのものである。しかし、菊地は、逸見がオホーツク海の色の深さに触発されてこの確信に至ったと書いている。

ウルトラマリンのイメージを「オホーツクの海の色に触発されてなのだろう」と書いた菊地には「極限にさまよう精神」の語彙が繋がらない。違和感を覚える。

「詩とは極限にさまよう精神」には「　」が付されている。

私は、この言葉は大正十三年に書いた逸見の「ボードレール論」「ゴッホ論」のいずれかに表記されていたのを、菊地がそれを引用したのではないかと推測する。

だとすれば逸見は大正十三年にすでにこの詩法――ボードレールからランボーに繋がる象徴主義理論を察知していたことになる。

ボードレールの基底

逸見猶吉の起点にはボードレール(1)の影響が色濃く遺されている。なぜ、最も敬愛したのか。その謎を解くにはボードレールを知る必要があった。

ボードレールが近代詩の祖であることが、詩学を学ばなかった私にはよく分からない。幾つかのボードレール論を読みながら「万物照応」や「高みへ（飛翔）」にその答があることを知った。

「自然」とは一つの神殿、立ち並ぶ柱も生きていて／ときおりは　聞き取りにくい言葉を漏らしたりする。／人間がそこを通れば　横切るは象徴の森／森は親しげなまなざしで彼を見守る。／長いこだまが遠くから響き交わして／闇のように光のように広大無辺の、／暗い奥深い一体のうちに解け合うのに似て、／香りと、色と音とが互いに答え合っている。（「万物照応」前半　安藤元雄訳）

花々の物言わぬものたちの言葉を解する者は！（「高みへ（飛翔）」終行　安藤元雄訳）

物言わぬ花々を解する者とは詩人であり、それは多分に象徴であろうと思われる。自然あるいは森あるいは物言わぬ花々、物言わぬこれらが「象徴」の対象であろうと思える。そして、これらを解するものは詩人であり、その深奥にある意識がそれらを捉える。「万物照応」にある「象徴」と「高みへ」の「物言わぬものたち」は同義語に読める。この象徴という概念を提示したことが最も重要なことであると言われている。

象徴とは「主として抽象的な事物を示すに役立つ形象または心象。想像力に訴える何らかの類似によって抽象的な或る事物を表す記号と見なされる感性的形象」とある。

従来のロマン主義（十九世紀初期）は「古典主義で形成された規範や制約で抑えられていた自我や感情、官能などを解放することを目的とした」文学であり、直接的な修辞法であった。ボードレールは「象徴」という意識の深部に描法の核心を据えたことによって、旧態、修辞の大転換を提示したことになる。これが象徴詩の始まりであり、近代詩の祖たる所以となった。

この基底について、幾つかの論説を紹介したい。

辻邦夫は「飛翔」や「万物照応」について書いている。分かりにくいので前後を調整すると次のようになる。「近代性が意識を犯し始めていたものの」ボードレールが「先駆となって近代を引き受けたことは」「迷路の彷徨を強いられつつ、（略）それを克服し得た」と書いている。

注目することはこの作品を「近代」との対峙と位置づけていることである。この時期、産業革命の変革は物心両面にも大きな変革をもたらしたことが容易に想像できる。旧態文学で行われていた直接的な表記では捉えきれないものを新時代に呼応する修辞法としてボードレールが究明したことになる。このことについてはW・ベンヤミンの「都市との関わり」という詳述がある。

ロジェ・カイヨワは「ボートレールの詩論は、ユゴー(2)のそれよりも控えめで内気なのに、事実上、詩を理解する新しい方法の端緒となるだけの変革を、結晶化させたのである。(略)ユゴーは一つの進展の扉を閉じ、ボートレールは別の進展の扉を開けたように見える」と書いている。

ユゴーはフランスにおいて文学、政治両面で国民的英雄である。しかし、生前、一冊の詩集しか持たなかったボードレールが詩史では上位に位置する。それは文学を表記する精神および意識の捉え方の差違である。いわば、ユゴーはフランスの詩学のプロパガンダに甘んじ、ボードレールは世界に拡がるアジテーションを届けたことになろうか。

安藤元雄は明瞭である。

> 図式的に言えば、詩を書くと言う作業を水平にひろがることから垂直に深まることへ変えた。(略)詩人の感受性なり発想なりは動かし難い大前提としてそこにあった。

ボードレールは、その大前提そのものを相対化してしまったのである。それは詩の言葉を、うわべは一見同じように見えても、実はその成立の仕方がまるっきり違うものにしてしまうことであり、そうすることによって初めて、一つの時代と、その中にいる詩人の自我とを、一度に歌ってのける詩を書くことが出来るようになった。詩が本当の意味で「同時代」のものとなったのである。

詩作意識の構造を「水平から垂直」という説明は非常に分かりやすい。ボードレールは旧態から革新的な詩法を確立した。当時としては異端であり、その理念は神秘を対象として始まったとも言える。このことは近代に止まらず現代に繋がる詩の基底となった。

ボードレールを追った結果、判明したことが二つあった。それはボードレールから多くの示唆を受けてランボーが詩篇と詩法を形成したことが頷ける。(一)詩篇「万物照応」の「五感と言葉」と「母音」の「色と言葉」の類似性。(二)詩篇「万物照応」における「象徴」の捉え方と「他者」の意識の捉え方の類似性。(三)詩篇「旅」と「酔いどれ船」の類似性。である。

もう一つは逸見猶吉が昭和三〜四年にかけて突然変異と言われる詩的変貌をして日本詩壇に登場する背景がランボーやロートレアモンを重視しながら第一にボードレールを敬愛したのは

この基底にあったことが、彼のボードレール論執筆（未見だが、一部『逸見猶吉ノオト』に記載されている。）と献詞によって推測できる。現在も読み解けない詩篇の始まりにようやくたどり着いた。

ボードレールが「象徴」を見出したことは言葉の奥にある意識のあり方を解明したことにある。このことはその後、ランボーやロートレアモンやシュールレアリスムや現象学に繋がっていく。この詩法は詩学に止まらず最もデリケイトな意識に錘鉛を降ろしたことに大きな意味がある。

※翌年（昭和三年）、私は早稲田の第二高等学院に入った。逸見はたしか専門部に入ってきた。（略）逸見は黒シャツに黒のスーツといういでたちで、ポケットに仏文の『悪の華』などを入れて歩いていた。と宮川寅雄が『歳月の碑』（昭和五十九年）で書いている。ボードレールと逸見の繋がりは大正十三年に遡る。伊達で『悪の華』を持ち歩いていたのではないことが偲ばれる。

註

（1）ボードレール（一八二一～六七）　フランス・パリに生まれる。六歳で父を失う、法科大学に籍をおくが学業を放棄。たった一冊の詩集『悪の華』で近代詩の祖となった。

（2）ヴィクトル・ユゴー（一八〇二～八五）　フランスの小説家、詩人、劇作家、政治家。「レ・ミゼラブル」「禁断詩集」。

エドガー・アラン・ポー

逸見猶吉は昭和三年、学生の時、神楽坂に高級バーを経営する。店名は「ユレカ」（ユリイカ＝我発見せり）である。

実弟大野五郎氏が益子に来られた時（一九七〇）にバー「ユレカ」の外観を描いてもらった。およそ奥行き五〜六間×幅二・五〜三間、壁は三角材、窓の上の看板にトランプの王様をデザイン、色彩は赤と黒。塗装は実弟大野五郎が担当した。

「ユレカ」という語彙はエドガー・アラン・ポー[1]（以下ポーと表記）の長編詩「ユリイカ」から採ったことが逸見の言動「ポーが大好きだった」からも頷ける。

ポーを調べるとボードレールの象徴詩のルーツがポーにあることが衆目の事実であるとある。象徴詩がボードレールに始まるとあるが、『ポー詩集』の解説には「ポーがボードレールを生んだ」とある。この背景を探ってみたい。

ボードレールの弁明ともとれる次のような記述がある。

私はエドガー・ポーを模倣したという罪のために非難されている。（略）何故なら彼は私に似ていた。私が初めて彼の作品を開いた時、私は恐怖と歓喜の念に打たれて、私のすでに夢見ていた主題と、（略）私の考えていた、そして彼が二十年も以前に書いている文章とをそこに見出したのだ。

ボードレールとポーの関わりは一八四六〜四七年に始まり終世続けられた。ポー、ボードレール、ランボーの系譜は各人の修辞法によく表れている。「瞳、髪、飲むこと」の語彙の使い方が三人の詩人に共通している。この他、一読しただけでもボードレールの代表作にポーの詩句と同類の修辞を確認できる。これを見てもボーに倣ったのは明らかである。ボードレールは長い間、ポーの翻訳をしていた。このことが酷似の一因になっているものと思える。

以下、ポーの作品について紹介したい。

1 詩篇「大鴉」

ポーの詩篇は難解とはいえ叙情性が基底と言われている。作品の中に象徴性の表現について捜してみた。

ポーは次のように書いている。「汝の嘴をわが胸より抜け　そして汝の姿をわが戸口より消せ　大鴉応えぬ。またとなし」「わが胸より」という言葉は、この詩の中で最初の隠喩的表現を含んでいるとある。この他に中程に「すると漆黒のこの鳥は」がある。この漆黒の鳥もまた象徴的表現である。この鳥が恋人あるいは自己なのか私には読み解けない。ややこしくなるが

自己の中の他者、つまり他我である。こうなると哲学の主観・客観の世界となる。（詩篇「大鴉」一八四五年）

ポーは心的なものを喩とした。ボードレールは嗅覚や視覚の感覚を喩としたことが分かる。いずれも精神の深奥に根ざしたものであることが分かる。

ポーはこの「大鴉」に亡き恋人への寂寥感を象徴として表現したのであろうか。大鴉が他者なのか自己なのか判断つきかねるが、いずれにしても大鴉がこの詩篇の核であることは間違いない。鴉の挙動は作者ポーの精神の有り様なのか。

ポーの象徴表現が米国ではあまり評価されず、フランスにおいてボードレールらがこの方法論に倣い象徴詩の祖となる。その後、この象徴主義はランボー、ヴェルレーヌ、マラルメ、ヴァレリーへと拡がった。ロートレアモンもこの時期に無名のままに早世している。

2 長編詩「ユリイカ」

物理的宇宙ならびに精神的宇宙についての論考とサブタイトルがある。遠大無比なこの難解な論考は英字で四万語、翻訳和文で約十万語。ロートレアモンの「マルドロールの歌」（翻訳和文で約二十万語）に内容は異なるが膨大な散文詩という点で似ている。

物理学や天文学の真理の究明について演繹的方法論や帰納的方法論を否定し直観ないし想像力の第三の方法論を主張している。

ポーが語っていることは理解不可能だが、私には宇宙論を語ること、すなわち「真理」を究明することがこの書のテーマであるとシンプルに思った。

序に、物語として一篇の詩として提供します、とある。そして「私が提供するのは真でありますとある。最後に「詩としてのみ評価されんことを切望してやみません」とも結んでいる。

ヴァレリー(2)はこの書を次のように書いている。


ポーは数学的な問題を基礎として抽象的な詩を書いたのであって、物質的な精神的な自然を総体的に説明しようとした（略）一つの天地創成説なのである。（略）純粋な論理学はわれわれに虚偽が真実を意味することを教える。かくして精神の歴史は次の言葉で要約することができる。精神は求めることにおいて無稽であり、発見することにおいて偉大なのである。


この中で興味深いのは「虚偽が真実を意味する」である。多くの虚偽の決定はとりあえず決めた規範により定められている。このことの不確実性を指摘しているものと思う。正に通念化された規範を指している。詩はある面ではそれらの虚偽を撃破することにある。

ポーがこの書を詩として読んで貰いたいと書いたのは「無数にある非真実」を詩人は究明する役割を担っている。そんな思いがこめられていたのではと思える。神楽坂のバー「ユレカ」も精神や真実のシンボルの喩だったのか、それとも九州に赴任した緒方に書いたハガキの「あ！　めっけた」くらいの洒落だったのだろうかとユレカと命名した逸見を思う。

3　ポーの「暗号術」

ポーの著作の中に「暗号術」がある。いわば乱数表を基調にした種々の方法と解説である。なぜこの短いエッセイに興味をもったかというと、「暗号」とはつまり記号であり「割符」であり、象徴と密接に繫がっているように見える。象徴の歴史的経緯をひもとくと次のようになる。

象徴 symbole ＝フランス語の訳語。語源ギリシャ語、シュンボロンは割符を意味する。一般的にはあるものと関わる別の物を指示する作用をいう。

これらの著作を読んで逸見の言動を考えると、いちいち納得できる。1敬愛するボードレールの師として、象徴という喩の方法論として（大鴉）。2理論的、哲学的に真理を究明する姿勢（ユリイカ）。3象徴性の喩と暗号の連接。といった具合にそれぞれが逸見の軌跡に重なる。逸見の詩篇「べエリング」や「ウルトラマリン」の括りにある十九篇にポー、ボードレール、ランボーの詩の基底が逸見の作品に混合層のように沈積しているように私には見える。

そして、逸見の詩篇や童話に表れる「鴉」はポーやゴッホから導かれたのかと考えた。なぜなら「大鴉」の比喩的表現と大正十三年に書いた「ゴッホ論」および病床でよく「鴉の群れ飛ぶ麦畑」の画を見ていたとある。これもコードと読むべきなのだろうかと思ってしまう。

註

（1）エドガー・アラン・ポー（一八〇九～四九）アメリカ・ボストンに生まれる。雑誌編集をしながら詩、短編小説を書く。母国よりフランスで高く評価された。フランス象徴詩をはじめ短編小説に大きな影響を与えた。作品・詩集「大鴉」「ユリイカ」、小説「黄金虫、モルグ街の殺人」他多数。

（2）ヴァレリー（一八七一～一九四五）フランスの詩人、文名批評家。マラルメに師事して象徴派の伝統を継ぎ純粋詩の理論を確立した。

※文献・阿部保訳『ポー詩集』新潮文庫、奥本大三『ユリイカ・ボードレール特集』青土社

追補

ボードレール、ランボーの詩や詩法にポーが大きく影響している資料がある。ポーの詩、小説を読むとボードレールの「万物照応」「旅」の原型が見えてくる。

1 小説「ライジーア」にはボードレール「万物照応」をイメージできる。

2 小説「エレオノーラ」にはボードレールの「旅」のモチーフをイメージできる。

3 小説「ウイリアム・ウイルソン」はランボー「見者の手紙」の他者を想像させられる。

※文献『世界文学全集14・ポオ／ホーソン』（講談社）、『世界文学全集30・ポー／ホーソン』（集英社）

詩篇「母音」を読む

「母音」は一八七一年ランボー十七歳、八月から九月にかけて書かれたものである。この時期には二通の手紙（先生と友人宛、内容は長短はあるが同じ。いわゆる「見者の手紙」）と詩篇を書いている。ヴェルレーヌにパリに招かれて事前に送付した「母音」と持参した「酔いどれ船」。この手紙と詩篇は詩法の宣言と実践であると同時にサロン化したパリの文芸界に一石を投じようとするランボーの意気込みが汲み取れる。「母音」を読み解く過程で手紙と詩篇がそれぞれに連接されていることが分かった。

大正十二年に大野四郎は「母音」を友人と翻訳した。未だ日本でのランボー流入が乏しかった時期である。奇しくも十七歳、季節も夏である。ランボーの詩法と意図をどこまで知っていたかは不明だが、その後の軌跡から四郎に大きな影響を及ぼしたことは確かである。各篇を読みながらランボーの意図を追ってみたい。

Aは黒、Eは白、Iは赤、Uは緑、Oは青、母音よ、／いつか君たちの誕生の秘密を語ろう、／A、無惨な悪臭のまわりで唸りを上げる　きらめく蠅の毛むくじゃらのコルセット、／影の入り江だ。／E、靄とテントのあどけなさ、／誇り高い氷河の槍、白い王、散形花のおののき。／　I、深紅、吐かれた血、美しい唇の笑い／怒りのさなか、あるいは悔悛の陶酔のなかで。／U、これは周期だ、緑なす海の神々しい顫動、／動物の散らばる長閑な牧場、皺の平安か、／学究の大いなる額に錬金術が刻み込む。／O、至高の金管楽器、奇怪な鋭い叫びに満ちて、／人の世と天使らにつらぬき通された沈黙だ。／—Oオメガ、彼女の目の紫の光線よ！（鈴村和成訳）

「母音」はランボーの作品中、最も多くの解釈をもった作品である。それらは「色彩、聴覚の展開、幼児に記憶したアルファベット説、神秘学的な象徴主義、女体説」などと枚挙にいとまがないと解説にある。当初、読んでも色彩の明示の次の喩は何が書いてあるのか全く不明であった。翌年に書く「錯乱Ⅱ言葉の錬金術」に次のような「母音」への追記がある。

俺は母音の色を発明した！　Aは黒、Eは白、Iは赤、Uは緑、Oは青　俺はあらゆる子音の形と動きを規定した。また本能のリズムによって、いつの日か、あらゆる感覚に通じうる詩的言語を発明するんだとひそかに思いこんでいた。翻訳は保留した。最初は習作だった。俺は沈黙を、夜を書いた。言い表わしがたいものを書きとめた。様々な目眩を定着した。（中略）次いで、俺は、数々の魔法の詭弁を言葉の錬金術で説き明かした！」（粟津則雄訳）

「見者の手紙」では後半の「言い表わしがたいもの」について詳しく書かれている。このことからも見者詩法の基底であることが分かる。

このことを素直に読めば母音に色を付けたことは分かる。しかし、次に書かれている各母音の表記の喩が分からない。「沈黙、夜、言い表わしがたいもの、目眩」を表記内容からそれぞれの母音に当てはめてみた。A、Eは夜、Iは目眩、Uは言い表わしがたいもの、Oは沈黙がこれに当たるはずだが一個Aの該当内容のものが見当たらない。困り果てていたら偶然にボードレールについて書いたロジェ・カイオワの文章（「ボードレールの詩の位置」一九七三年）の中に「韻律法というコルセットを棄てることによって」という部分を発見し、Aの表記に「毛羽立てる黒の胸衣」があり、胸衣はコルセットであるので、全ての謎が解けた気がした。コルセットは規範の喩にも通ずる。足りないAの部分にこの喩が見事に当てはまる。つまりこの喩は旧態の「長い間、男どもがほしいままにしてきた文学手法（韻律法）」を指していることを予想させる。

「錯乱Ⅱ言葉の錬金術」には「母音」の他に「酔いどれ船」「永遠」「最高塔の歌」を自嘲ぎみに自己批判していて、理解に苦しむが詩集『地獄の季節』の執筆終了後、断筆していることを考えると詩業の総括であったのであろうか。いずれにしても一八七一〜七二年に書いたこれらの詩篇は内容の交差性からして、詩法「見者の手紙」とのセットであることが分かる。

余談だが、UとOについては次のように読める。

Uの中の表記およびタイトルにある「錬金術」は「賢者の石」に例えられる。それは哲学の石にも繋がっていることが文献に載っている。このことから錬金術の喩を思索あるいは言語表現とも読める。

Oの中の「沈黙」は言語表現の修辞とも読める。喇叭は孤高なる精神の沈黙を癒すアイテムであり、表現から言えば沈黙はオメガ（最終）である。即ち表現の最終ポイントである。西脇順三郎が「超現実主義詩論・詩の発生と消滅の過程」で表現の段階を三つに分類している。1表現、2非表現、3消滅。表現における最終の形態は沈黙である。しかし、これは饒舌（表現）の逆説ともとれる。いずれにしてもこの「母音」が単に母音についての独自の見解ではなくセットとしての革新的な旧態文学への批判と自らの詩法の宣言であることが分かってくる。

なぜ「母音」を読み解く必要があったのか。それはこの作品を契機として形成されたランボーの詩法の宣言と実践が長年追い続けている大野四郎の突然変異とも言われる詩的変貌の謎がここに隠されていたのではないかと推測できるからである。手紙「見者の手紙」、詩篇「母音」「酔いどれ船」「錯乱Ⅱ言葉の錬金術」に展開される近代詩の超克は大野四郎にとって詩人逸見猶吉への誕生へと導く導火線となったものと思える。大野四郎は詩的方法論と生き様をランボーに倣い、逸見猶吉の筆名と「ウルトラマリン」の名称化を図り、従来の文学青年の域から脱し詩人となったものと思える。「ウルトラマリン」として括られた十九篇の暗喩に満ちた難解で、判じ物のような表記はここから発していたものと推測できる。ただ、この変異の背景要素にはランボーにとどまらず、ポー、象徴主義の発展、経緯からボードレールも絡んでくる。「ウルトラマリン」の語彙も概念も「母音」を含めたセットの中の「酔いどれ船」に潜んでいることが判明し、ランボーが「見者」と認めるボードレールの名を生前に編集した詩集の冒頭に冠したことも認められている。このことは三人の詩人を繋いでいる象徴主義に収斂されていることが想像できるのである。「見者」の概要については「見者の手紙」を参照。

「年譜（追補）」に示したように、逸見は「母音」の翻訳にとどまらず、原文を筆写し『新詩論』創刊号の表紙にデザイン化したことからも、詩人逸見猶吉への豹変の重要な要素と考えられるのである。

註

（1）アルチュール・ランボー（一八五四〜九一）　フランス、シャルルビルに生まれる。マラルメ、ヴェルレーヌと共に象徴派詩人。詩集『地獄の季節』『イリュミナシオン』、詩論「見者の手紙」。

（2）ヴェルレーヌ（一八四四〜九六）。マラルメ、ランボーとともに象徴派と言われる十九世紀フランスを代表する詩人の一人

見者の手紙

ランボーが一世紀を遥かに過ぎても色褪せないのは彼が発見宣言した「私は一個の他者なのだ」に由来する。

この宣言は一八七一年五月に先生と友人に宛てた手紙に書かれている、いわゆる「見者の手紙[1]」である。詩の表出における精神の所在について書かれ、新たな自我の提示を行った。この手紙の「他者」については難解で推論の形で読み進めなければならないが詩表出の根底である精神の深奥が展開されている。

逸見は暁星中学時代にランボーの詩篇「母音」を翻訳した。これが逸見詩の変貌に大きく影響していると想定し、作品とセットである詩法「見者の手紙」を追跡した。

この手紙を書いた時期（一八七〇〜七一年）、普仏戦争の最中に王政が崩壊し革命が起き、その後、権力闘争に終始する為政者に反発した市民がパリ・コミューン[2]（市民革命）を起こす。わずか三か月のこの革命は世界で初めて市民による自治政府を誕生させた。ランボーは革命勃発中に数度のパリへの出奔を企て、先生イザンバールが革命軍に志願したのに影響され、志願兵に応募するが年齢不足で不採用となり、地元に戻るが学校は閉鎖されており、悶々とした日々を過ごす。このような背景のもとでこの手紙が生まれる。

内乱と革命の時間の中でランボーは昂揚し、パリ・コミューン鎮圧後は意気消沈している。ランボーはこの混乱の中で詩と詩人について向き合ったに違いない。そしてこの革命的な「他者」を探り当てた。私はそのように思うのである。

「見者の手紙」は「新しい文学について」語られたランボーの詩についての所感であり詩論である。先生イザンバールと友人デムニー宛ての二通がある。デムニー宛ての方がやや長文になっている。二通は同様な内容。両者の重要と思える部分を抜き出してみた。

デムニー宛ての手紙の概要は旧態文学とロマン派についての批評。

内容は前半、ギリシャ詩からロマン派までの韻文作家、特にラシーヌおよびそれ以降について否定的に批評する。ギリシャ詩ないし古代風詩歌の音楽と脚韻は遊びであると分析し、真の作家、創造者、詩人の不在を指摘する。

後半は第一次ロマン派について「見者」の基準で分析する。「第一次は無意識の見者であり、ラマルチーヌは時々見者であった。ユゴーは強情すぎる人ですが、レ・ミゼラブルは真の詩である」「ミュッセは憎悪すべき詩人でフランス的であるがパリ的ではない。フランス的なものは十七〜十八歳の若者でも朗唱でき、ローラ風の詩は書ける」

第二次ロマン派の分析「第二次ロマン派（テオフィル、ゴーチェ、ルコント、パンビル）は随分見者である。この中でボードレールは第一の見者です。古い形式の詩人たち（二十四人）この中に二人の見者を挙げる。メラとヴェルレーヌ、特に後者は真の詩人である。」

中央に見者宣言がある。

「私とは他者なのです」「もし銅片が目覚めると喇叭になっているにしても、それは銅片のせいではありません」

これは銅片＝主観、ラッパ＝客観の喩であろうと思う。イザンバール宛ての中でその詩を主観で書いたものにすぎないと書いていることからも詩の形成の視点が主観か客観かの比較論証であろう。そしてもう一つ重要な言葉が出てくる。それは「見者＝ヴォワイヤン」である。「見者であらねばならない」と書き、「詩人はあらゆる感覚の長期にわたる大がかりな理にかなった壊乱を通じて見者となるのです」と続け、「見者すなわち病者、罪人、呪われ人、至上の学者」「何故なら未知なるものに至るからです」と書く。続けて「彼は未知なるものに達し、そして彼が、狂乱して、ついに自分のさまざまな視像についての知的理解を失ってしまうとき、彼はそれを確かに見たのです！」と書く。

イザンバール宛ての手紙の概要は先生であるイザンバールの詩を主観的と評し、詩人への渇望と見者宣言を述べ主観ではなく客観で書くべきではないかと説く。デムニー宛ての時の銅片と喇叭の喩は木片とヴァイオリンに変化しているが意味は同様である。手紙の内容で異なるのはイザンバールの詩を主観的だと評する部分である。他はデムニー宛ての中から旧態文学の分析批評を省いた内容になっている。

両者の手紙に共通しているのは見者志向とその精神性のあり方である。その喩として銅片・

木片＝ラッパ・ヴァイオリン～主観・客観が示されている。

このことは従来の旧態詩が韻律重視と主観の視点で書かれていたことを指摘し、他者の発見と実践によってそれらを否定し、そこからの覚醒を意図した手紙であると思える。

この「見者の手紙」が重要なことは詩を形成する基底を述べていることである。創作の根源である意識を主観と客観、自我と他我に類別し整理した。この一連の動きはボードレールが大きく影響していると思える。これは詩学に止まらず、従来の旧態文学やその他の美術、芸術の基底を根底から覆したのである。セザンヌの脱印象主義などはその筆頭であろう。

ランボーの見解はボードレールの「万物照応」から始まり、自らの詩篇「母音」に拡がり、この「見者の手紙」に繋がる。この一連の捉え方は、正確にはポー、ボードレール、ランボーに跨る象徴詩(3)の源流と支流と言える。三人の詩と詩論の混合であり、セットとみなすべきであろう。その根拠はボードレール「旅」（一八五九）をランボーは「酔いどれ船」（一八七一）で反芻しているように見える。

ボードレールとランボーに言及した別稿で二人の作品の交差性、類似性について書いた。それは「万物照応と母音」「旅と酔いどれ船」である。さらに逸見の稿で「ウルトラマリンとベエリング」の同義語～精神あるいは意識である。逸見が当時、この共通性や「見者の手紙」をどこまで認識していたのかは不明だが、少なくとも逸見が二人の作品と動向をある程度捉えていたことが想像できる。それは「母音」の翻訳や「ベエリング」への献辞（ボードレールへの尊崇）である。この手紙＝詩法、言わば象徴理論を自らの詩の基底に据えてウルトラマリン「報告」が書かれたのか、私にはわからない。逸見の詩が「豹変」した作品は昭和三年から始まった。逸見はその前からボードレールとランボーに邂逅しているのも事実である。この手紙は従来の詩法である思考の中心を主観から客観へと転換する、言わば革命に等しいものである。逸見の詩が喩に満ちて難解なのはアナーキズムや修辞法からではなく、精神の深奥に根ざしたこの詩法を獲得したのではないかと思えるのである。

註

（1）「見者の手紙」　パリ・コミューンの最中にランボーにより先生と友人に書かれた詩法。
（2）パリ・コミューン　一八七一年にパリに起きた革命、短期間とは言え史上初のプロレタリア政権。
（3）象徴詩　音楽的、暗示的な形で直接つかみにくい内容を表現する詩。フランス、十九世紀末に起こった。

追補

「他者と見者」について、釈然としないので、もう一度、全集[1]および詩集[2]を読んでみた。

この手紙の最も分かりにくい「見者、他者」について資料（1）（2）を確認した。

見者とは何か。「聖書」に「天啓を受けた者」「預言者の一種」の意味。十九世紀ではユゴー、ゴーチェ等が用いた。「啓示を受けた者」「特別な霊感を抱懐した詩人、作家、美術家、音楽家」ランボーはこれらからこの言葉を発見したのではないかと言われている。ランボーは「あらゆる感覚の長期にわたる、大掛かりな壊乱を通じて見者となるのです」と書いている。このことから「感覚を壊乱させることによって未知なるものへと至る者」と推定できる。

他者とは何か。「私の能力の及ぶ範囲を超えた（略）何ものかによって動かされているので」と書いている。ランボーは「私は考える」に懐疑的であり、主観に懐疑的である。これは「我思う故に我あり」（デカルト）への懐疑でもある。

※このことを考えると「もう一人の我」規範化におかれた我でなくそれらを通り越した我、精神の深奥に存在するもう一人の我なのではないかと推測した。以上のように自我＝デカルトではないものとして、「他我」の存在が予想できる。つまり、私の言いたいことは「他者」の正体はこの「他我」なのではないかと言う推測である。そして、この「他我」とは規範化されない無垢の意識と推測した。逸見がこのような厄介な詩法を、ランボーとの邂逅で捉えていたかは不明だが、少なくとも逸見の暗喩に満ちた難解な詩行を眺めていると大いに頷ける。

註

（1）**全集**　『ランボー全集』平井啓之・湯浅浅博・中地義和・川那部保明訳（青土社）

（2）**詩集**　『ランボー詩集』鈴村和成訳編（思潮社）

詩篇「地理篇」を読む

定本詩集末尾にⅢ「地理篇」がある。作品は前半「汗山、[1]哈爾浜、[2]海拉爾」[3]と「無題」四篇の計七編。後半「黒竜江のほとりにて、人傑地霊、歴史、大いなるかばね、烈々として猛鷲なり、みどりちみどろ」の六扁、計十三篇である。

前半七篇の発表は昭和十四年から十五年であり、中国辺境をモチーフにした作品である。逸見の詩精神の衰退と絶望が色濃く表れている。痛々しいまでの絶唱である。この衰退の兆候が昭和十五年の『現代詩人集第三巻』の緒言にある。「私の信條をいへば虚妄につきる。目に見えないその箇條書きの中で私の力は試され、牽かれてゆく。詩の底にある不信のかたちが何であれ、頑固にこの世界の壮大を希ふことに變りはない」に表れている。

前半の「汗山、哈爾浜、海拉爾」は日蘇通信社の国境取材と個人の旅行時のモチーフに詩情を織り込んだ作品である。

「汗山」（全九行）は黒竜江を含む興安嶺への辺境取材の時のモチーフであろう。

茫々たるところ／無造作に引かれし線にあらず／バルガの天末。／生き抜かんとする／地を灼かんとするは／露はなる岩漿の世にもなき夢なり（前より六行）

茫々たる蒙古の草原に佇立ち、筆者は現在の戦禍の行く末を北方民族の興亡に重ね思いを馳せ、強酒に酔い死んだような来し方にあらためて生きようと願う。雄大である。

「哈爾浜」（十八行）

かかる日を哀憐の額もたげて訴ふる／優しさ著るしきいたましき／少女名は／風芝とよべり

「満洲浪漫」で一緒だった長谷川濬がこの作品を朗唱すると逸見は涙して聞いていたことを関合正明が証言し、末尾にある少女「風芝」に愛娘を連想していたのではと付け加えている。「海拉爾」と共に興安嶺の高原および満州の「怒りや叫び」を身に負い、現実を見つめる作者の深い眼差しが見える。

「海拉爾」（十六行）

野生の韮を噛むごとき／ひとりなる汗の怒りをかんぜり／げに我が降りたてる駅のけはしき

この地の古今の戦乱と荒廃に思いをはせ、「汗」即ち辺境遊牧民の声なき声を感じとっていたのではないかと思える。

「無題」は1「無題」(冬なれば)、2「無題」(おほいなる)、3「無題」(醒めがたき)、4「無題」(夏は爛燦)の四篇。発表年『歴程』十二号〜十三号(昭和十五年)。詩集には入ってないが、未収録「無題」(身は退くなかれ)『歴程』(昭和十六年)がある。五作品とも全九行。時間的推移と内容から判断するとこの五篇が逸見のノーマルな詩人としての視点で書かれた最後のものではなかったかと思える。

1「無題」(冬なれば)

なにごとか祈らんとしていのりあえず/道のことといずことも知らされど/壮んなる時をよばひて樹々は光にちぬれたり》(後半三行)

どこへ踏み迷うのか。祈ることすら適わないのか。

2「無題」(おほいなる)

おほひなる纜あげて/わが怒りの発たんとするに/いまぞ擾乱のあくなき海はあやしとも/ぼーうおーうの叫びしきりなり/見えわかぬ無垢の道/冬ブルキの雲間にい

りて／非情の友は最末の日溢れたり／か丶るとき蒼茫の日なかにかくれて／何者かわれにせまらんとすなり

「擾乱のあくなき海」「無垢の道」からは未知なるものへ向かう「旅」＝内省のイメージを彷彿させる。

3「無題」（醒めがたき）

醒め難き虚妄に身をゆだねつ丶／わが飢えの深まりゆくを／日はすでに奪われて／

（前半三行）

（中略）

醒めがたき日を受けつがば／なにをもてわが歌のうたはれん（後半二行）

冒頭にある「醒めがたき虚妄」とはそのまま読めば「醒めない・酔っている嘘」となる。逸見はウルトラマリンの中で虚妄なるものは体制であり、世界であることを詠っている。この「虚妄に身を委ねる」とは現実世界いわば修羅世界に委ねると解することができる。「醒めがたき」は理性や感覚が麻痺した状態であるから、これを繋げれば「麻痺した理性で修羅に身を委ねる」となる。このフレーズにはランボーの詩法が見える。そして、末尾「なにをもてわが歌のうたはれん」このような状態（戦時体制）でどのような方法で詩を書けばよいのかと結ぶ。透明に近く詩心は衰退している。

次篇4「無題」（夏は爛燦）と同じ思いを覚える。つまり、詩人としての「壊乱する精神」はすでに存在してないのである。

4無題（夏は爛燦）

夏は爛燦の肉をやぶれど声なく／われは仮相の作者にすぎざるなり／痺れる水もとうめいに炎をひとたび上げたれど／眼に蒼緑のにがき光をうがちなば／あはれ酔ふこともならじ／迅速のつばさはいや涯の杳き渦流に墜ちんとして／肉のうちをつらぬかば擾然たるを／日ごろむなしきことのみを歌ひ／そが夢のおどろしさに狂奔するものの傷ましきかな

この作品で注目するのは「仮相の作者にすぎざるなり」と「酔ふこともならじ」である。酔うことのできぬ仮相の作者とは何か。かつてランボーに倣い詩の方法論として暴力や壊乱を挙げていたが、詩の基底そのものが根底から消滅しているように見える。末尾は軌跡への醒めた述懐に終わっている。

逸見の詩的軌跡を見ると二期に区分することができる。昭和三年から十一年を東京時代とする。昭和十二年から二十一年を満州時代とする。ほぼ二つの軌跡は等分であるが、当時の情況の急激な変貌によって「詩と生活」は相反の様相を呈している。

逸見の詩業は東京時代にウルトラマリン（体制、世界、虚妄、修羅、精神）との対峙に始まり、満州時代にウルトラマリンの帰結と崩壊を示している。すでにここではウルトラマリンを客観視するのではなく、ウルトラマリンすら消滅させる情況に包囲され、その中で日本特有の文語詠嘆調に変貌している。

満州時代、前半は逸見が未だわずかに真っ当な詩的感性を所有しえた時期であり、文学的には長谷川濬らに勧められ「満洲浪漫」同人となり、地理篇の諸作を発表している。この後、翼賛詩に向かう。この六篇のうち、明らかに翼賛詩と認められるのは四篇で、二篇は紀行詩と人物スケッチ詩の印象を受ける。

Ⅰ「ウルトラマリン」Ⅱ「牙のある肖像」は詩人逸見猶吉が書いており、Ⅲ「地理篇」は素の大野四郎が書いているように感じる。翼賛詩はさらに進んで日本男子として書いている。

註

（1）汗山　ハンオーラ・興安嶺、中国東北部の高原ないし陵性の山系。
（2）哈爾浜　ハルピン・中国、黒竜江省の省都。松花江の南岸に沿い東北地区北部の都市。
（3）海拉爾　ハイラル・中国内蒙古自治区。興安嶺西部草原地帯の都市。

翼賛詩を読む

詩集Ⅲ「地理篇」の中に翼賛詩[1]がある。作品は「黒竜江のほとりにて、人傑地霊、歴史、大いなるかばね、烈々として猛鷲なり、みどりちみどろ」の六篇である。発表は昭和十八年。「地理篇」の中にこれらの翼賛詩を入れたのは逸見自身がこれらの一連の国家への滅私奉公を恥じてはいないことの証明である。そして、敗戦間近の関東軍[2]の遁走に激しい怒りを吐露しているのが木山捷平「大陸の細道」に書かれている。これらを読めば関東軍への怒りと同時に国家への尽力が無駄に終わったことへの落胆が読み取れ、逸見の愛国精神があやふやなものでなかったことが分かる。昭和十五年には日蘇通信社から森竹夫の斡旋で満州[3]必需品会社弘報部に勤めを変えている。文学的には長谷川濬らに勧められ「満州浪漫」の同人となり、地理篇の諸作を発表している。この間、壇一雄の就職を世話し、壇が満映[4]に移るまで一緒に弘報部で仕事をしている。戦時下、昭和十八年には関東軍報道隊員の職務に就いている。従って逸見の詩人としての活動は報道隊員前までであったと思える。十八年以降に書かれる「歴史」など翼賛詩は日本男子の感覚で書かれているようにみえる。同時代人でなければ理解不能な情況を考慮にいれても、これらの作品の内容はあまりにも辛い様相を呈している。つまり詩人逸見猶吉から国民大野四郎に立ち戻るざるを得なかったのであろう。

これらの翼賛詩に係わった四郎は「やむをえないのだ」と漏らしていることが船水清「逸見猶吉回想」にあると、尾崎寿一郎が『逸見猶吉 火檻褸篇』に引用している。

満州帝国建国記念日の新京放送局の「歴史」の朗読、一九四三年について。

私は黒河の家でラジオで聞いた時意外な感をもったと素直にのべると、彼は苦渋を表情に現わして「やむをえないのだ」と言った。放送の時放送局に行くのを止めようかと考え冷酒をあおったが、考え直して放送局へ車を走らせたと言って、目をつぶって深い吐息をした姿が私にはいまも思い出される。

昭和十八年以降は従来の姿勢の解体の過程である。大野四郎が詩人としての基底をウルトラマリン＝ベエリングとして捉え、逸見猶吉の筆名を掲げ詩と生活をおくるが、国家動乱に至り、従来の姿勢を解体せざるを得ないものとなった。それまで具備していた詩人の帷子を脱ぎ、大野四郎に立ち戻らざるを得なかったのであろう。

アナーキーな逸見猶吉はどこにもなく、愛国詩人大野四郎が苦渋の跡（「歴史」新京放送局での朗読のエピソード、時間ぎりぎりに到着し憮然と朗読をする）を見せながらも建国の祝意と戦争昂揚を書いている。「大いなるかばね」「烈々として猛鷲なり」も同様な調子で書かれている。ただし「黒竜江のほとりにて」「人傑地霊」「みどりちみどろ」の三編は言挙げた戦争賛歌ではなく、満州の風土とそこに生きる個人を書いている。その中で「歴史」「烈々として猛鷲なり」「みどりちみどろ」に青、群青の詩句がある。しかし、ここでいう青や群青はウルトラマリンの青や言葉ではなく、国家高揚の語彙である。満州時代の逸見の軌跡を見ると愛国者大野四郎が印象深い。

逸見の満州での「詩と生活」環境はまさに国策の渦に包囲されていた。新京日蘇通信社はソ連の情報を収集管理する関東軍直轄の国策会社であり、次に勤める生活必需品会社も国策会社であり、関わった映画「松花江」も国策会社「満州映画協会」製作である。そして終戦前に従事する関東軍報道隊員も軍務である。余談だが異母兄弟の兄は満州新聞社社長であると共に甘粕正彦に次ぐ満映のナンバー2である。満州に居住した日本人は多かれ少なかれこの国策に沿った何らかの仕事に従事していたはずである。これが逸見の生きた満州の現実である。

しかし、時代の進展の予想を超える速度に、まさに現実の偽の国家満州国で次第にスタイルとして粉飾した逸見とウルトラマリンは剝落し、素の日本男子大野四郎に立ち戻らざるをえなかった。昭和十五年に書いた詩への懐疑は詩人逸見猶吉の渇望と失望が共存している。これ以降、逸見は逸見にたち戻れなかったのである。とはいえ、真実は時代情況の暗澹たる不条理を理解不能な私に何が反戦で何が愛国なのかなどと軽々には言えない。あくまでも推論の域を一歩もでない。そしてこれらの満州での軌跡を無惨とみるか、崇高とみるかは余人の介入せざるものである。人そのものの根に立ち返り尊重すべきである。戦中、ファシズムに息を潜ませて生きた者、あるいはその渦中で本意でなく生きた者が戦後、ファシズムの拘束に生きざるを得なかった者を非難するのはいかがなものかと思う。

註

（1）**翼賛**　昭和十五年近衛内閣の時に大政翼賛会として成立した官僚統制組織。同十七年に東条首相により強化された。いわば国民全ての活動が国策に沿って制限、協力を強いられた。翼賛詩＝国策に協力した詩文学。

（2）**関東軍**　関東軍の関東は中国の奉天、吉林、黒竜江省三省の名称（満州の別称）。この地に根拠を置く一個師団、独立守備隊六個大隊、計一万の兵を関東軍と称した。関東軍はロシア（ソ連）を仮想敵国とする北向きの軍隊。戦時には三十四個師団、およそ七十万に膨張した。

（3）**満州**　中国の東北一帯の俗称。東北三省と内モンゴルの一部、中国では東北と呼ぶ。日本は一九三二年、元清の宣統帝の溥儀を執政として満州国を建国。傀儡国家。一九四五年、日本の敗戦とともに消滅。

（4）**満映**（満州映画協会）　昭和十二年満州国に国策会社として創立。二年後、甘粕正彦、理事長就任。娯民、敬民、時事映画を製作し終戦とともに消滅。日本の満州支配のプロパガンダ映画会社。昭和十七年頃、逸見も文化映画『松花江』のナレーションを執筆している。

筆名の由来

筆名の背景と始まりについて報告したい。逸見猶吉という筆名は『逸見猶吉ノオト』に昭和三年とある。これは日本詩壇への登場の契機となった詩誌『学校』に載ったウルトラマリン第一「報告」末尾にある「一九二八・秋 函館ニテ」が根拠となっているものと思える。

逸見猶吉の筆名について

筆名については田中正造の後援者・逸見斧吉の一字を換えて筆名にしたのではないか、という説がある。だが、最も重要な「猶」についての言及がない。

昭和四年、詩誌「学校」に大野四郎はウルトラマリン第一「報告」を逸見猶吉の筆名で発表する。次いで詩誌「学校」アンソロジーに第一「報告」、第二「兇牙利的」、第三「死ト現象」を発表する。吉田一穂の推讃によって日本詩壇に登場することになる。

筆名の逸見猶吉について私は次のような仮説をした。

研究を終了した後、関合資料が出てきた。関合正明は長谷川濬と共に昭和二十一年七月十七～十八日、逸見の葬儀に立ち会った一人である。関合のエッセイの中に終戦間近に生活必需品会社の逸見からポスターを依頼される。打ち合わせの時に、「机に西郷隆盛遺訓（岩波文庫）があった」という箇所に興味をもった。これは昭和十四年の初版と思われる。子供に切腹の仕方を教える四郎の当時の心情を考えた時、国に殉じた西郷に傾倒していたとしてもおかしくはない。『西郷遺訓』を取り寄せ読んでみると遺訓の他に岸良眞郎の問いに次のような熟語の質問に回答している。それは「猶豫狐疑[1]」である。意味は「義心の不足より發るものなり」と言っている。前後二字とも「ためらう」である。西郷は回答の初めに「猶豫狐疑」について「毒病」であると答えている。ことに当たってためらうことが「毒病」であると言わんとしているのか。逸見は斧に換わる語彙として「猶」を用いたのではあるまいか。すなわち「吉にためらう」である。この吉が斧吉の吉なのか、西郷吉之助の吉なのか、吉凶の吉なのかは不明だが、いずれにしても「吉を躊躇う」意になる。

「狐疑」について平成三十年に益子の山本志朗さんから「中国の『楽毅』の物語を読んでいたら狐疑が出てきました。孫子の兵法の教えのようです」と言う葉書を頂いた。早速、調べたところ孫子は「猶豫狐疑を用兵之害他で呉起先生がおっしゃった」と言っていることから出処は呉子[2]（中国の兵法家）の記述にあることが分かった。つまり、西郷はこの「猶豫狐疑」を武人必携の書である兵法書から学んだことになる。

しかし、筆名が出現するのは昭和四年である。遺訓のエピソードは昭和十八年である。この疑問を払拭する背景を考えると、『逸見猶吉ノオト』に十三歳の時、四郎は「擬古文を書き、表装して大事にした」（豊家衰亡記）という趣味があったとある。国民的ヒーロー西郷に幼少の頃から傾倒していたことは容易に頷ける。吉の上の「猶」はそのまま読めば「吉をためらう」と読める。吉の反語は凶である。しかし、四郎は吉でありたいと願ったのではあるまいか。「猶」はそのような希望が込められていたのではないか。更に、四郎にとって反語である凶は自らの基体であったのではないかと推測する。

緒方昇が筆名について「お前の名前は不吉だぞ。逸見猶吉は『はやまりてみればなおきちなるがごとし』じゃあないか。逸見は一瞬ぎょっとした表情になって、返事もしなかった」というエピソードがある。私はこれを「吉」の裏にある「凶」を衝かれた逸見の狼狽とみる。

平成二十八年に遺児・大野裕史さんにお会いした時に仏壇に遺品の徳利を確認した。これは火葬の際、納棺したものである。この時には二つあったが、そのひとつが破損せずに火葬後、長谷川〜菊地〜緒方〜裕史さんに渡ったものである。この徳利を拝見した時は気づかなかったが、記録に撮った写真には中央に「吉」の字が染め付けされていることに気づいた。この「吉」が偶然か意図されたコードなのかと考えた。

筆名の猶吉には吉をためらう四郎（逸見）がいて、しかし吉でありたいと願っている四郎もまたいたのではと想像する。筆名には四郎の生き方そのものが投影されたコードを含んでいたのではないかと思える。

逸見の詩は判じ物である。しかし、この筆名由来により筆名もまた作品と同じく判じ物であることを感じた。そして、吉の反語である凶（兇）の存在が見え隠れする。

※「猶」についてもう一度考えてみる。「猶」とは「躊躇《ためら》う」の意が含まれている。猶吉をそのまま読めば吉に躊躇うである。なぜ躊躇うのか。躊躇う相手は何か。単純に考えれば吉の反語である凶に行き着く。凶とは何か。大野四郎にとって凶に当たるものは凶事すなわち谷中村鉱毒事件ではないか。つまり、大野四郎は筆名を創出する時に自らの宿縁＝基体を「猶吉」に刻印したのではないかと推測した。

筆名の始まり

田中正造研究家の赤上剛さんから平成二十八年に宮俣裕介『〈前衛詩〉の時代』の部分コピーが送られてきた。内容は矢橋丈吉(3)『黒旗のもとに』に収められている「詩と舞踏と演劇の夕」と「第2回文芸講演会」プログラム。次いで平成二十九年には神田の古書店で発見した『矢橋丈吉自伝叙事詩　黒旗のもとに(4)』原本が送られてきた。概要を報告する。この中に逸見猶吉の筆名が記載されている。

詩と舞踏と演劇の夕

大正十五年十一月三日（水）四日（木）后六時　於読売講堂

主催　太平洋詩人　女性詩人　小石川区表町一〇九

プログラム　第一日
（1）宣言……渡辺　渡
（2）自作詩篇朗読
尾崎喜八　岡本潤　安藤華子　深水澄子　黄瀛　野村吉哉　神戸雄一　小野十三郎　矢橋公磨　楠田重子　西谷勢之介　北村英子　菊田一夫　岩田よしの　大関五郎　中西悟堂　尾形亀之助　大野勇次　岡田光一郎　岡村二一　友谷静栄　逸見猶吉（以下略）

以上のように大正十五年十一月三日（水）、四日（木）に行われた『詩と舞踏と演劇の会』第一日（2）自作詩篇朗読に逸見の名が記録されている。

赤上さんはこの時期の「都新聞」「東京朝日新聞」などの掲載記事も確認されたが、これらのイベントの記事は無かったと報告している。これは治安維持法の影響下による情報管理の影響ではなかったかと推測できる。

矢橋との交流～『逸見猶吉ノオト』一四三ページに「アナーキストの矢橋丈吉や北浦馨と交遊関係にあったが、（略）時事新報公告代理店の万来社につとめていた」昭和七年。この資料によりこの交遊も、もう少し遡るものと推測できる。なぜなら、この朗読会に矢橋も参加している。

このプログラムに登場しているメンバーから推測できるのは大正末から昭和初期にかけての

アナキズム、自由主義、モダニズム、反モダニズム（「赤と黒」「詩戦行」「バリケード」「銅鑼」「学校」「弾道」「詩と詩論」「新詩論」「歴程」）の詩的変遷の推移が窺える。大野四郎が逸見猶吉に変貌するスタートに立って、自らの詩の基底を掴み取る時期と言える。突然変異と言われる詩的変貌はこの時期から始まり「ウルトラマリン」の発表、旺盛な詩的活動、そして『歴程』の創刊へと繋がってゆくことになったのではないか。

もう一つ加えるなら、『逸見猶吉ノオト』に「大正十三年に村山知義『MAVO』を訪問する」とある。この頃、大野四郎は画と詩に取り組み、キュビズム風な画を描き同人誌の装幀や画論や建築論を発表している。MAVOとの邂逅以後アナキズム系詩人たちとの交流が増え、このイベントに参加する契機となったものと思える。

このプログラムから想像できることは四郎のクロスオーバーな行動と思いが次第に詩の基底に収斂してゆく転換点であったことを予想させる。

筆名の始まりは菊地の『逸見猶吉ノオト』に昭和三年とある。この資料により、一年ほど遡ることになる。つまり早稲田大学に入った年にすでに筆名を使っていたことになる。年譜の改訂を行う必要があると思っている。

註

（1）猶予狐疑　ぐずぐずと疑い躊躇うこと。

（２）呉子（前四四〇～三八一年頃）中国戦国時代の兵法家。名は起。孫子と並び称される。

（３）矢橋丈吉（一九〇四～六四）北海道に生まれる。大正九年上京。美術集団「MAVO」の初期同人。詩人。劇作家、画家、装幀家。詩人としての筆名・矢橋公麿。

（４）矢橋丈吉『矢橋丈吉自伝叙事詩　黒旗のもとに』組合書店・昭和三十九年刊。

追補

逸見猶吉という筆名について追跡し、「筆名の由来」として別稿でまとめたが、その原型となっている「逸見斧吉」の情報源がどこにあったのかという疑問が未解決であった。その渦中に大正十五年暮れに筆名が創出されていた情報が届いた。この結果、それではこの創出時前にどこから「逸見斧吉」を知ったのかということになった。逸見猶吉という筆名がいつ、どこから生まれたのかを調べると。

諸説①菊地康雄『逸見猶吉ノオト』、②朝日新聞（昭和五十一年）、③尾崎寿一郎『ウルトラマリンの詩人逸見猶吉』（平成十六年）がある。

①**筆名の始まり**～昭和三年・二十二歳、『逸見猶吉ノオト』に「報告」「ウルトラマリン第一」ヲ脱稿。「逸見猶吉ヲ名ノル。翌年十月、『学校』第七号ニ『報告』を発表」とある。筆名の創出が昭和三年とあるのは「報告」の末尾にある「一九二八・秋　函館ニテ」が根拠になっ

ている。

②逸見斧吉と猶吉の関わり～朝日新聞「足尾鉱毒事件」第二部37「逸見猶吉」一九七六年十二月「猶吉・斧吉の点と線」に「斧吉は、家業のかんづめ屋（逸見山陽堂）を発展させたが、『利潤』というものに悩んだ、商人らしからぬ人柄であったこと。木下尚江らの社会主義者が無心にくると三十円、五十円と金を渡していたこと。正造に対しては無私の奉仕を続けたが、斧吉自身は、クリスチャンで、社会主義者ではなかった」ことなどである。最後に「へんみゆうきち、ですか。全く聞いてません。大野家とも関係はなかったようですな」と言った。（略）「猶吉の友人・緒方昇氏が、回想の中から猶吉の言葉を思い出してくれたのである。斧吉の名前を聞いたことがある、というのである。「谷中村問題で『逸見斧吉』というえらい人がいたといっていた。我々は、はや（逸）まりて見れば、なお（猶）吉なるがごとし、といってひやかしたんだが……」状況証拠はまだある。『逸見猶吉ノオト』に逸見から、木下尚江が紹介した鉱毒被害民・庭田源八老人の「渡良瀬の詩」（『田中正造翁』では「渡良瀬川の詩」）を見せられた、とある。

③昭和三年刊行の『田中正造之生涯』（木下尚江編）を読んで逸見斧吉の名を知り筆名とした。尾崎寿一郎『逸見猶吉ウルトラマリンの世界』二〇〇四年。尾崎は「逸見猶吉は逸見斧吉の名と存在を何かで知ったと考えざるをえない。として『田中正造翁余録』編者注に木下尚江編『田中正造之生涯』（昭和三年刊行）をみつけ、「その中の文物提供者の中に逸見斧吉の名を

確認する。逸見は事件のほぼ全容をこれで知ったと思われる」と書いている。「逸見斧吉の一字だけを差し替えて筆名とした、大野四郎の大きな収穫であった。この名を借りたことは、正造・残留民・斧吉の側に逸見の心情が立つことを意味していたと考えられる」と書いている。

その後、私のもとに赤上剛氏から矢橋丈吉『黒旗のもとに』が送られてきた。氏は逸見の次男・大野裕史氏から私のことを聞き及び、逸見のことも調べていて、その過程でこの著書を古書店で見つけ送ってくれた。氏は田中正造研究家で自著『田中正造の周辺』（随想舎）の中にも逸見への言及がある。

さて、この『黒旗のもとに』については「筆名の由来」で取り上げたが、この本の中に取り上げられている「詩と舞踏と講演の夕」（大正十五年十月）の朗読者の末尾に逸見猶吉の筆名が載っているのである。逸見の略歴を見るとアナーキズム系の詩人との交流やアナーキズムへの傾斜が記録されていることから、このイベントに参加した信憑性は頷ける。となると、前期した諸説の①菊地康雄『逸見猶吉ノオト』の筆名の始まり、昭和三年。③尾崎寿一郎　昭和三年刊行の『田中正造之生涯』（木下尚江）を読んで逸見斧吉の名を知り筆名とした。の二つはアウトになる。

では、大野四郎はどこからこの筆名の元になったであろう、逸見斧吉を大正十五年十月以前に何で知りえたのか。斧吉情報をネットで検索してみた。

田中正造　逸見斧吉で検索。この結果、木下尚江が浮かび上がった。次に木下尚江　田中正造で検索。この結果、『田中正造翁』（大正十年）があることが分かった。木下尚江編『田中正造翁』を検索した。中島国彦「木下尚江と田中正造」に田中正造書簡があり、この中に逸見斧吉が何か所も出てくる。

しかし、この資料は文献であるので、本物の確認をしないといけないので、早速、地元の茂木町図書館に伺い、木下尚江編『田中正造翁』の所蔵を聞いた。「当館にはないが検索したら、隣町、真岡市立図書館にあるので取り寄せられます」とのこと。早速、依頼した。後日、届いたとのことで伺い『田中正造翁』を拝見、大正十年出版の内外装は老朽化が進み、ページをめくるのも緊張する。複写禁止とのことで、館内で閲覧した結果、目次、奥付、概要を知りえた。概要は次の通り。

『田中正造翁』概要／著名・田中正造翁　著者・木下尚江
発行日・大正十年八月十日　発行所・新潮社
目次／一、何人なりや／二〜四、舊夢譚〈一名主時代、二政治の發心、三議会時代〉／五〜七、足尾鑛毒問題〈一〜三〉／八、田中正造と星享／九、亡国を知らざる是れ亡国／十、渡良瀬川の詩／十一、初對面／十二、最後の議会／十三、鉱毒地救済婦人会／十四、直訴／十五、肝賢の人民亡ぶ／十六、獄中聖書／十七、谷中村の破壊／十

八、翁の生れた家／十九、谷中回復の苦心／二十、聖人論／二十一、洪水／二十二～三十、晩年の日記〈一～九〉／三十一、永眠

※二十一洪水および二十二～三十晩年の日記と三十一永眠の稿に逸見斧吉の名がある。

二七〇～二七一ページ――明治四十三年十二月十八日。昨十七日、日暮里金杉逸見斧吉氏へ来泊。今十八日逸見方クリスマス祭なり、／祭主逸見斧吉君、同菊枝子君、板倉道子、助手廣瀬梅子君、藤田辰子君、皆克く祭にあづかりて、神の為に立働くをみた――

永眠六行から七行目――茅葺き二階建の大きな百姓家。十畳の座敷の眞中に翁は臥っていた。僕は逸見君夫妻と三人して行ったが、病室へ入って一と目見た時、「危険」と云ふ念が覚えず浮かんだ。――

概要には目的の逸見斧吉の名前の他に、この書籍の一部を昭和八年『中央公論』に掲載したことが分かった。そして『田中正造之生涯』（昭和三年）はこれらを補足した修正版であったものと思える。

大野四郎（逸見猶吉）はこの著書を大正十年から同十五年十月の間、つまり、暁星中学～早

稲田大学入学時、に読んだものと推測できる。この中にある逸見斧吉の名に魅かれ、斧の一字を猶に変え筆名としたのではないか。そして、筆名と共にこの書籍から出生の地、谷中村の推移を深く知ったものと思える。後年、同書にある庭田源八「渡良瀬川の詩」、この歳時記詩の筆写のことも谷中村への深い追想が窺える。

※筆名の背景である『西郷南洲遺訓』を知った時間的な差について調べた。この結果、『遺訓』公刊は明治二十三年から大正十五年（昭和元年）までに相当数の刊行が行われていたことが分かった。以下、列記すると。明治二十三年三矢藤太郎編（東京）、同二十四年土居十郎編（広島）、同二十六年安住国太郎編（島根）、同二十九年片淵琢編（東京）、同四十三年中根卓弥編（東京）、大正五年編者不詳（鹿児島）、同十五年（昭和元年）浜田正夫編（大阪）、同年編者不詳（長崎）となっている。

逸見は大正中期から大正末までに『遺訓』および『田中正造翁』を知りえたのではないかと推測する。その過程で筆名「逸見猶吉」を創案したものと思える。

※斧吉を猶吉に草案する背景は「筆名の由来」で言及した。吉を猶＝躊躇うと私は読んだ。つまり、そこには吉の反意である凶、即ち谷中が想起できるのである。これらをまとめると、逸見の筆名成立、には『西郷南洲遺訓』と『田中正造翁』が深く関わっていることが想像できる。

昭和11年頃、妹宏子と岩淵町の家にて（三宅宏子氏所蔵）

『田中正造翁』復刻版（発行所明治文献・昭和四十六年）を見る機会を得たので補足したい。

あらためて読むと、田中正造の鉱毒事件への関わり、クリスチャンとしての思い、直訴の経緯、終焉などが四二八ページにわたり書かれている。

この中で注目したのは逸見の名が十四か所あること、庭田源八「渡良瀬川の詩」一二〇〇〇字の引用である。昭和八年『中央公論』の同書は字数から判断して、ここからの抜粋であることが分かる。逸見が筆写したと言われる「渡良瀬川の詩」は昭和八年『中央公論』のものなのか、この大正十年『田中正造翁』なのかは分からない。

逸見の作品（「凶行」昭和七年）の中に「正しく煤を払ふ荒涼者」という田中正造を彷彿させる表記がある。荒涼者とは言わば、すさまじい言葉の持ち主「田中正造」と私は解した。考えると、逸見の軌跡に表れる「鉱毒事件、谷中村、田中正造、逸見斧吉」と「筆名出現時」を考えると、逸見はこの著書を暁星中学時代に読んだものと推測する。

大野四郎の絵画

大野四郎が詩人逸見猶吉になる前、大正十三年同人誌『ＶＡＫ』1号に発表したキュビズム風の二枚の画がある。この画は逸見猶吉の幾つかの基底を持っている。この画に行き着く背景とその意味を追跡した。

大野四郎は小学生の頃から画を描いていた。「侘びしい追想」は男女の像で左上と右中にフランス語で別離の語彙が読める。「彼等をはなれて歩む」は縦長の画面で左上に半月、それを見つめる青年らしき立像が描かれている。

二枚の画はどちらもキュビズム風な描法で描かれている。前者は「現代詩の胎動期」（現文社）、後者は『定本逸見猶吉詩集』に掲載されている。画は大正十三年に三人で刊行した「ＶＡＫ」創刊号に発表したもの。版画、画、詩、エッセイを盛り込んだ美術雑誌である。[1]

この時期、大正十二年から昭和四年の活動を見てみると、この画を発表した大正十三年は最も活発な事項が記されている。

ランボー「母音」の翻訳、ボードレール論、ゴッホ論、建築論、翻訳（チェーホフ、メレジコフスキー）を書く。ロシア語を学ぶ。早稲田大学入学、逸見の名で朗読会に参加。高橋新吉、草野心平、萩原恭次郎を知る、神楽坂に高級バー「ユレカ」を経営、北海道への二度の旅、詩篇「ウルトラマリン」三部作を発表。この作品への吉田一穂の推讃により日本詩壇に登場することになる。

『逸見猶吉ノオト』に大野四郎は十八歳頃（暁星中学校卒業）まで画を描いていたと記されている。弟、五郎が画を描き始めたので二人で描くには部屋が手狭になったので四郎は近くの住宅に引っ越したとある。四郎と五郎では画に対する認識が違っていたと思える。二枚の画と後年の五郎の画を見比べると五郎の画は印象主義の範疇のものである。妹・三宅宏子さんに会った時、二人が「家の周りをグルグル回って大喧嘩していたことがあった。あれは画論の論争だったのでは」と話していた。これは二人の画に対する認識の相違ともとれる。

四郎の二枚の画の前後を調べると間接的にではあるがセザンヌ、ランボー、ボードレールが関わっていることが分かる。画と詩が象徴主義によって繋がっている。そしてこのことは四郎の中で象徴主義とともに後期印象派に目が向けられたものと思える。

キュビズムはセザンヌが印象派から脱却するため「視覚から感覚への変換」を図ったことから始まる。その後、これに呼応したピカソやブラックなどが創設した芸術運動である。

四郎がキュビズム風な画を描いた背景は何であったのか。『逸見猶吉ノオト』に「逸見たちもフランス・サンボリズムの詩を耽読し西洋美術史を学び、ゴッホ・ゴーギャンの絵画論を知るにいたった」とある。

この時期に前記のとおり、ランボー「母音」の翻訳、ボードレール論、ゴッホ論を書いている。これらの経緯から、変革期の絵画や文学から新思潮の詩法と邂逅したことが推測できる。その根拠は四郎が八歳の時から画を描き、異母兄・和田日出吉の印象派〜後期印象派の文献を参考にした経緯がある。当初、印象派風の画を描き、途中から後期印象派風の画に変わったのではないか。

セザンヌが印象派から脱却の基底にしたのがボードレールの象徴詩の元になった詩篇「万物照応」であったと言われている。四郎は同時期にランボー、ボードレールを知り、画から詩に変換したものと思える。

聞き取りにくい言葉を漏らしたりする。(略)
人間がそこを通れば　横切るは象徴の森
森は親し気な眼差しで彼を見守る。

この詩は象徴詩の誕生の契機となったボードレール、一八五七年の作品「万物照応」の一節である。

セザンヌはこの作品から影響を受け、従来の自然の形や色彩に重点を置いた印象主義(モネ、ルノアールなど）からさらに新しい自然の象徴性＝精神性を描法の核心に求めたのである。これが後期印象派の基底である。このことによって絵画も他の近代芸術と同等になった。この考えはゴッホやゴーギャンやピカソによりさらに進展してゆくことになる。キュビズムやフォヴズムやシュルレアリスムなど、西洋の新思潮が日本に流入したのは大正十二年前後である。和田は美術への嗜好から「白樺派」運動を通していち早く情報収集していた。四郎はこれらの文献により日本への流入の一般化の前に絵画の新潮流を知っていたものと思える。

美術雑誌『ＶＡＫ』に書いた四郎のゴッホ論がある。

後期印象派を「印象派の後を受けついでさらに内部へと深い深い自我意識の肯定を求めようと力めた芸術」と言い、それは「次期に於ける表現派の始原となる（略）否、後期印象派がもはや表現主義の中に含まれてゐる」さらに「内面的美意識によって現はれた近代の芸術は悩みそのものであらねばならない、悩みの芸術は悩みの生命に到り、悩みの生命は悩みの表現に帰る、そして悩みの表現が近代人の絶対的意識に悩める生活なのである……」と書いている。

初めにある「内部へと深い深い自我意識の肯定を求めようと力めた芸術」とある。この考えはランボーの詩法「他者」＝超自我と連接、通底する可能性が窺えるとともにゴッホの苦悩を連想させる。

そして、この活発な事項の初めにランボーとボードレールとの邂逅を忘れてはならない。

「母音」は「万物照応」に呼応して書かれた経緯もある。このように考えると「母音」の翻訳は逸見詩の変貌の始まりなのかもしれない。

草野心平が逸見追悼で逸見詩の出現を「突然変異みたいに……」と書いている。これは昭和四年詩誌『学校』に発表した「ある日無音をわびて」と比較して、あまりにも変貌した同年に発表した「ウルトラマリン第一報告」の詩形のことではないかと思える。具体的には「ある日無音をわびて」の穏やかな詩調から「報告」の暗喩に満ちた硬質なカタカナ書きの詩調への大きな変化であろう。

二枚の画を見て二つのことが浮かぶ。一つは「侘びしい追想」の余白にある仏文から逸見が尊敬していた萩原朔太郎と晩年のスキャンダルや文学的孤高さが想起できる。逸見は朔太郎を尊敬していた。もう一つは「彼等をはなれて歩む」の画に逸見の決意のようなものが窺える。この画はその後の逸見の軌跡を考えると暗示的でさえある。

註

（1）キュビズム　二十世紀初頭、フランスに興った絵画の一派。写実主義を廃し点と線とで再構成して新しい美の表現を試みた。この起点がセザンヌである。創始はピカソ、ブラック。

童話「火を喰った鴉」について

童話発見の経緯と概要

逸見猶吉研究は昭和五十三年に栃木県内からスタートした。翌年から東京に出向き、国会図書館、日本近代文学館、慶応大学、昭和女子大、日大などで未収録作品の調査収集を行った。ある時、調査の合間に神田に回った。折悪しく土砂降りに見舞われ、雨宿りに立ち寄った古書店（一誠堂）で偶然に逸見と交流のあった『石川善助研究』藤一也著・萬葉堂出版（仙台市）の書籍を書棚に見つけ購入した。帰路、車中で読みだすと驚くべきことに未収録詩篇「無題」と童話「火を喰った鴉」と翻訳童話「改心した百姓」の存在が掲載されている。後日、著者の藤一也氏にアドバイスの連絡をしたら、木村健司氏（東京）を紹介された。木村氏に会い事情を説明すると童話「火を喰った鴉」のコピーを「資料にしてください」と言って譲り受けることになった。神田での藤氏の著書との出会いと童話の発見は何とも不思議なめぐり合わせである。逸見は石川善助の死後、『石川善助詩集・亜寒帯』（昭和十一年）の刊行に草野心平、宍戸儀一と共に尽力した経緯や石川との交流により宮城県の『港』六号（昭和六年）に作品を寄稿している（石川は仙台生まれである）。この童話とのきっかけが石川善助であったのも何かの縁かと思う。以上が童話発見の顛末である。もう一つの童話（翻訳）はその後、国会図書館で収集。

童話二篇は佐藤一英編集『児童文学』(1)第一冊昭和六年、第二冊昭和七年に掲載された。この雑誌は小説家と詩人と画家による詩的童話・純粋童話がコンセプトであったが二冊で打ち切りになった。

第一冊(昭和六年)「改心した百姓」(翻訳)、第二冊(昭和七年)に逸見の「火を喰った鴉」が収録されている。この『児童文学』には宮沢賢治の代表作「グスコブドリの伝記」と「北守将軍と三人兄弟の医者」が掲載されている。逸見のテーマと相反のテーマである。別稿で取り組んでみたいテーマである。

内容は世界の屋根エベレストの頂への飛行を試みる二羽の鴉の話である。悪智恵で名高いラランは若い鴉ペンペと頂上をめざし出発する。途中ペンペはラランに欺され両の眼球を失い錐を揉むように下界に墜ちてゆく。そして、ラランもまた頂上の大きな声によって下界に堕とされてしまう。回教徒たちの篝火の中に墜ち口の中を火傷する。ラランは自分の悪かったことを悔い、回教徒たちに懺悔し、ガンガの上流で溺れ死ぬという話である。ここには加害への逸見の深い自浄があると私は読んだ。
※ガンガ・インダス河。

宿縁の谷中村

この作品が発見されたことは驚きであった。逸見が童話を書いていたとは考えもしなかった。資料で眠らせておくには忍びないので、師の高内壮介氏に公刊を願った。その結果、昭和六十二年にその他の未収録作品を合一し『逸見猶吉の詩とエッセイと童話』（落合書店）に収録することができた。

この作品から見えてくるのは逸見猶吉の基体とも言える足尾鉱毒事件である。この童話のテーマ「加害と自浄」は詩作品にも多数存在している。

この研究の始まりの頃、暗喩にみちた難解な詩行の前で正直、長い間、立ち往生を余儀なくされた。ある時、ウルトラマリンの語彙がランボーの「酔いどれ船」にあることや詩集冒頭の「ベエリング」がボードレールと深い関係にあることが分かり、絡まった糸がほどけるように逸見詩の輪郭が判明してきた。この童話もその絡まった糸の一つとなった。それは逸見の精神の底に抜きがたく沈積した谷中村である。父祖二代にわたる谷中村村長という事件当時、体制側にあったという事実が逸見にとって終生負い続けた謝罪意識の原点であると推測した。この作品は逸見の謝罪意識のもとに書かれた作品であると思える。同年に発表されている私の編著に収録した未収録詩作品「群」や『歴程』創刊号に発表した「ナマ」などにもこの意識と見られる語彙が見受けられる。

童話の帰結はあまりにも逸見の人生と酷似している。時代という運命は日本を日本人を戦争によって破壊してしまった。その渦中に逸見はラランのように異郷の地に自ら書いた「校倉風に葬られた」のである。

このテーマから、私はどうしても逸見の宿縁である谷中村、つまり足尾鉱毒事件と逸見との関わりを感じざるを得ない。同時期に発表した詩篇「牙のある肖像」には谷中村や鉱毒事件のことを想起させる詩行が確認される。別稿で逸見と鉱毒事件を追跡したが、逸見の独特な表記法が故に詩篇の中にこれらの痕跡を捜すのは容易ではない。この作品は判然としなかった宿縁が明確な童話という形で表現され分かりやすいものとなっている。当然、この視点は私の推測である。

「加害と自浄」というテーマから私は逸見の宿縁である鉱毒事件を想起する。なぜなら逸見の父祖は代々谷中村村長であり、直接間接に体制側に属していたことになる。谷中に生まれたことが逸見の宿縁であり十字架である。逸見の詩面にも数多く表記されている。既にない谷中村を出生の地と年譜に書いたことも自浄の軌跡でもあろう。

『歴程』創刊号（昭和十年）に発表された詩篇「ナマ」にこの思いが示されている。

一節冒頭五行目

己は十字架に爛れた生をつき放さうとするのだ。

※十字架は負（谷中村）の宿縁と私は読む。

二節四行目
原罪の逞《ふと》い映像にうち貫かれた両の眼に、みじろぎもなく、氷雪いちめんの深い歪《ひず》みをたたえて秘かに空しくあれば、清浄といふ、己はもうあの心にも還ることは出来ないのだ。
※原罪とはまぎれもなく谷中騒動であろう。

「原罪の……清浄といふ、己はもうあの心にも還ることは出来ないのだ」は大野家の体制側＝加害者としての負の遺産を持ち続けざるをえない宿縁を想起できる。後頁にある「校倉風の憂愁を焚き上げて」は奇しくも満州での病没後の火葬と重なる。
大野四郎が生涯抱き続けた谷中村々民への謝罪の思いと推察する。タイトルのナマは作品初めにある——十字火に爛れた「生《な》ま」——は己自身であろう。

未収録「群」（昭和十年）冒頭三行目
鎖サレタ暗渠ノナカヲ／ワルク臭フ水ガシダイニ浸シテ／伐リサレルヤウ睡リヲ擾シテクル　酵母ノ凶シイ推積／
「ワルク臭フ水」は鉱毒水、「凶シイ推積」は足尾からの鉱毒の沈積と読める。

その他にも多数の谷中村＝鉱毒事件の語彙が見受けられる。これらは別稿「谷中を捜す」で改めて調査する計画である。

この童話「火を喰った鴉」の発見によって逸見の終生の宿縁である鉱毒への鎮魂と謝罪が童話の平易な表記によって想起され、その結果、詩篇にも隠された暗喩の中に謝罪意識と読める詩行が確認される。

なぜ、逸見の作品が鉱毒事件と繋がるかと言うと相当数の詩篇の中に表記された鉱毒、谷中の表記＝喩として存在している。それは、逸見自ら拘泥した谷中への思い（①すでにない谷中村を出生地としたこと　②庭田源八の「渡良瀬の詩」（初版では渡良瀬川の詩）を筆写したこと　③一度だけ谷中村に行ったことなどが、この童話によって点から線になったことが確認されたからである。

註

（1）『児童文学』　昭和初期に、佐藤一英によって既成の児童文学から脱却を目指した新しい児童文学の呼びかけに呼応した詩人、小説家、挿絵画家による童話雑誌。執筆者は三一名、挿絵陣も十名を数える。

谷中を捜す

喩に埋まって見えなかった谷中村[1]と足尾鉱毒事件[2]の形跡を捜す（以下谷中で表記）。筆名逸見猶吉を調べていた時に猶吉の語彙の中に凶の語彙が潜んでいることを感じた。凶は逸見にとって基体であると確信し、『定本逸見猶吉詩集』および未収録作品の中に凶の語彙と谷中を連想させる詩行を拾い出してみた。

凶〜兇〜匈の字の表記について

凶の字をチェックしたのは筆名の探求の過程で猶吉の吉の反対に当たる凶に行き当たったためである。つまり、「猶予狐疑」という故事から猶吉を読むと吉に躊躇うになり、吉の反対は凶となり、さらに進めれば、逸見は凶を躊躇っていたことになる。凶とは何か。字義は悪である。逸見は自分を悪という意識を持っていたのではないか。それは父祖との宿縁、大野家、谷中、出生に繋がっているが、吉＝善でありたいと願う。猶吉にはこのような屈折した思いが潜んでいたのではというのが推論の要旨である。

作品の中の凶〜兇〜匈を拾いながら、詩篇の中に原罪や贖罪（謝罪）の詩句があるか確認する。

1「**兇牙利的**」タイトルの「凶と牙」。「兇牙利的」は詩篇の三か所にあるオレなのだろうか。この他「兇牙利」単独で一個。ハンガリーは漢字で洪牙利と書くが洪を兇にしたのは逸見の卓抜な造語センスであろう。これをハンガリーと読むかキョウガリーと読むか、いずれにしても凶は悪、牙は害すると言うイメージがある。

2「**厲シイ天幕**」後半「雷ニ撃タレタ兇牙利ノ　水のような跳梁」も「兇牙利的」の中にあるオレなのだろうか。

3「**火ヲ享ケル**」冒頭「贖罪の館」、中程「黒イ耕地」、後半「礫木ノ荒クレタ影ノ裡　諸々の凶ナル種子ヲフリ撒カフ」。

頭から読むと「謝罪」、「禍々しき耕地」、

※礫木ははりつけの木。そのまま読めば十字架に悪の種子を撒こう、になる。しかし、この十字架は己自身であり、謝罪を自らに付そうということになる。語彙とタイトルを並べると自らの負の宿命＝謝罪によって火を受けるというふうに読み取れる。禍々しき耕地は谷中と読める。

4「**冬ノ吃水**」一章後半「兇牙利非情ノマン中ノ誰ダ　喇叭ヲ吹キナラス誰ダ」は俺と他者の存在を書いているのか。詩篇の中に原罪や贖罪の詩句があるか確認する。

5「**ナマ**」冒頭「十字架に爛れた生をつき放さうとするのだ」は負の宿命を償う身を連想する。二章冒頭「原罪の逞い映像にうち貫かれた両の眼に」は累代の負の宿縁を自らも意識の中

で負い、清浄には戻れないと述懐する。この作品は累代の宿縁であり、負とのダイヤローグであろう。

この作品は詩集全体を貫く、逸見自体の宿縁を表すメッセージを持っているのではないかと思った。「ベエリング」や「ウルトラマリン三部作」が逸見詩の修辞法によるものだとすれば、「ナマ」は書いている本人の基体であるのではないかと思った。

6「**燼**」三章冒頭「黒三稜（みくり）の重なる沼沢に漬った凶時よ、この青春時」これは谷中村の数度の（洪水）受難を指しているものと思える。ただ、青春時があるので谷中村争議との関連が掴みにくくなっている。これらは足尾鉱毒事件の過程のひとつである。「沼沢に漬つた凶時よ」は谷中村の惨事あるいは明治三十六年の洪水を予想させる。これらは足尾鉱毒事件の過程のひとつである。

7「**手**」後半「虫をまいたやうに凶はしい」の凶は呪わしいと読める。

8「**牙のある肖像**」一章冒頭「苦い移住を告げて」は明治三八年~四四年に行われた県内（近隣、県北）や北海道への移住施策を想起することができる。後半「野生の卓に水が流れる」は前記と同じく洪水を予想させる。二章冒頭「諸々の狭隘な傲りを押し破つた水。季節の免れた水の氾濫！　それこそ兇なる星辰の頽れだ」谷中の洪水と宿縁が読み取れる。二章中程「北方路線」は北海道移住。三章前半「十字を投げるだらうか」は贖罪（謝罪あるいは原罪）を予想させる。三章中程「ふりかかる兇なる光暉の羽搏きに」はふりかかる悪しきものと読める。

この作品にはもう一つ難解な設定がある。それは『詩と詩論』の発表時にタイトルの左にロートレアモン[3]の言葉が献辞されていることである。内容は逸見の父祖とも読めるフレーズである。牙、肖像、父祖とロートレアモンの「加害の文学」がどのように関連するのかはわからない。

ロートレアモンの献辞は次のようなものである。

――chacun drape dans sa fiorte solitaire　lautreamont――

恐れ多いが訳してみた。適切であるか疑問だが、意訳したものが次の文意である。

――誰も孤独な高潔さを自慢する　ロートレアモン ——

ロートレアモンの「マルドロールの歌」を読むと次のような同義語らしき行が書かれている。

五章・私はずっと見てきた、ただひとりの例外とてなく度量の狭い人間どもが数々の愚かしい行為を重ね、自分の同類者たちの頭を鈍化させ、ありとあらゆる手だてを用いて魂を堕落させるのを。彼等は自分の行いの動機をこう叫んでいる――名誉、と。

九章・人間の威厳は借り物だ。

十章・人間の邪悪さの例をまだいくつも楽しめるだろうから

逸見はこの献辞にこのような意味を込めたのではないかと推測することができる。

9「**兇行**」冒頭「匈々たる交感」「兇行の日々は殷賑たれ」兇行の日々は賑やかたるべし。

「兇行」のタイトル「兇行」悪いことの意。「匈々たる交感の裡に織り込まれてゆくのか。旧くまた新しく、」はつねに兇行の果されて来たこの河上に、は過去、現在にわたって行われてきた悪しきこと。

※匈はハンガリーの略。匈がハンガリーだとすると交感は読み解けず。匈を兇牙利に置き換えると(凶)は悪しきもの、(牙)は害するものとなり、悪しく害するものとの交感となる。

冒頭「巨いなる荒涼者」「旧くまた新しく、つねに兇行の果たされて来たこの河上に、彼の息吹は人間歴史の跡を曝して、ああ、それを己に伝える彼の苛烈よ」前半「不湜にして深甚なる彼こそ、燦として正しく煤を払ふ荒涼者の姿だ。彼を捉へ、彼に視入り、彼から離れ去る誠実の言葉は、己たちに降りかかる償ひの血しぶき」終行「己はまだ遡る。永遠　風に荒れて兇行の日々は殷賑たれ」

タイトルの兇行は谷中騒動と読み取れる。前半にある「荒涼者と深甚なる彼を」アジテーターである田中正造のように見受けられる。兇行が行われて来た谷中（渡良瀬）の騒乱を激しく糾弾する。彼の言葉は己＝筆者に償いの血しぶき（痛苦あるいは代償にあたるか）を求めせまると読める。

終行「己はまだ遡る。永遠　風に荒れて　兇行の日々は殷賑たれ」は意味読み解けず。

※殷賑《いんしん》は賑やかの意。

10「**無題**」後半「凶（まが）しやけふも死いろの悔ひの深ければ」「禍々しい」と「悔い」には懺悔の思いが読み取れる。この作品は『歴程』創刊後、一時頓挫の頃に書かれている。

11「群」（未収録）冒頭「ワルク臭フ水ガシダイニ浸シテ」は鉱毒をイメージできる。

12「柊ノ斷章」（未収録）冒頭「兇牙利青ノ寒流」とあるが、この凶は青と対句なのか不明。「兇牙利と凶」。内に消しがたい凶を持ち続けたのではあるまいか。

13「童話・火を喰った鴉」（未収録）。この作品のテーマは「加害と自浄」である。私はこのテーマは谷中と繋がっていると思った。それと前記したロートレアモンの加害的な詩がこの童話と符合する。よく考えると鴉を分解すると牙と鳥で、害する鳥は即ち己と読める。こんなことも逸見は喩にしたのだろうかと勘繰ってしまう。

14「無題」（未収録詩篇・昭和十六年）にも謝罪とおぼしき詩行がある。それは「サンジャックの道いとしるく」（しるくの「る」は「ろ」の誤植か）である。東京時代には相当量の谷中が見受けられるが、満州時代には僅かな文語調と翼賛詩（戦争協力詩）を書くにすぎなかったが、この詩篇に最後の謝罪意識が見受けられる。「サンジャック」は巡礼の意である。私はこの作品を発見当時は「戦争への危惧」と読んだが、ある時、この作品は逸見の基体である宿縁への巡礼だったのかも知れぬと思った。

冒頭の「サン・ジャック」と後半「あらがねにおののきたり」。初めの「巡礼」と後の「あらがね」から戦争を前にした精神の巡礼と読める。これを謝罪の旅に繋げるのは少し飛躍すぎか。

対象にした作品四十二篇のうち、十四篇に凶と谷中に類する詩行が確認された（十篇・定本詩集、未収録四篇）。これらが全て谷中に繋がっているか否か不明だが、十四篇の大部分は谷中に根ざした思念であると私は推測する。

谷中についての言動

逸見の谷中村に関連する事項は数少ないが幾つかある。

1既にない谷中村の出生に固執した。明治三十九年谷中村は藤岡町に併合。逸見は年譜に明治四十年谷中村生まれと書いている。

2庭田源八が書いた・労農の歌へる「渡良瀬の詩」[4]を逸見は筆写している。

3一度だけ谷中村を訪問したこと。2〜3を満州で菊地康雄に話している。

これら三つの谷中の事項は重要である。逸見は表立って谷中について詩篇では書いていない。しかし、喩およびコードとして潜ませていたことが想像できる。今回の詩篇にある谷中とおぼしき詩句はこの事項と密接に繋がり、逸見の中で谷中は抜きがたいものであったことが分かる。

凶の詩句は禍々しきもので、それは己に繋がっているように読める。その悪は宿縁である大野家であり、謝罪の根源である。詩篇の中の谷中と読める詩句、これらは殆ど直喩であり、後者の各種の凶は暗喩である。しかし、この直喩が曲者で直喩されたものがまた喩であるので、全体のテーマが分からないと細部の喩が分からないことになる。この複雑さは結果的に読者を拒否しているに等しい。二つの喩がアラベスクのように作品に織り込まれている。その雰囲気は紛れもなく谷中と私には読める。逸見の心的なもの即ち謝罪の念は谷中の侵された沃野のように、そして黒い汚泥のように沈積していることを想像することができる。凶の語彙も全部が谷中の喩と断定できないが、少なくとも凶に込められた悪を前後の詩行から窺い知ることができる。

そしてこの中の詩篇「ナマ」と「牙のある肖像」と童話「火を喰った鴉」の主題は逸見の詩と生活の中心に避けがたく存在するのである。即ち「加害と自浄」である。

「凶」の語彙に逸見の負の宿縁を見るという私の頑なな推論が妥当なのか躊躇する。晩年、満州で長谷川濬に言った「フェータル（仏語で宿命）」という言葉は逸見が負の宿縁を最後まで曳きずっていたことを予想させることにならないだろうか。そして、この宿縁は逸見の基体すなわち血であったものと私は思うのである。

※ロートレアモンについて一稿書けなかったのが心残りである。現在ですらほとんど認識されていない稀有な瘴気の詩人を昭和初期に献辞していることに驚くばかりである。

註

（1）谷中村　栃木県下都賀郡谷中村（明治二十二年、下宮、内野、恵下野が合併し村となった。現、栃木市藤岡町）明治二十三、二十九、三十一、三十五年の水害により、渡良瀬川沿岸は被害を受け、抗議運動が起こり、社会問題となる。明治三十九年、隣接する町村や県北、県外の北海道に移住を余儀なくされた。藤岡町に合併され廃村となった。

（2）足尾鉱毒事件　足尾銅山より流出する鉱毒によって被害を受けた農民および鉱山労働者が、その保障問題などで政府に請願運動を起こし、特に明治二十年以降、大きな社会問題にまで進展した事件。衆議院議員田中正造はこれを積極的に支援し、天皇への直訴にまで及んだ。この他、鉱毒問題などに関連して明治四十年および大正八年、十年に鉱山労働者の大争議があった。

（3）ロートレアモン　一八四六年、南米ウルグアイ・モンテビデオでイジドール・リシュアン・デュカス生まれる。両親はフランスからの移民。一八五九年渡仏。一八六八年「マルドロールの歌・第一歌～二歌」発表。一八六九年第六歌を含む完全版完了。著者名ロートレアモン伯爵。一八七〇年「ポエジー―～Ⅱ」刊行。同年十一月二十四日、モンマルト通り七番地の部屋で死亡。

（4）「渡良瀬の詩」　昭和八年『中央公論』木下尚江「政治の破産者・田中正造」の中で明治三十一年に庭田源八が書いた・労農の歌へる「渡良瀬の詩」を紹介。内容は渡良瀬川の歳時記。この寄稿は『田中正造翁』（大正十年）の再集録。

初期詩篇を読む

初期詩篇四十一篇は大正十年から昭和四年頃の、大野四郎が暁星中学二年生十六歳から大学の頃の二十三歳の作品である。回覧雑誌や同人誌などに係わり、詩や翻訳や絵画などを発表している。大半は暁星中学時代のものである。これらについて感想を付した。

1　太陽はかがやく／森はほほえむ――「詩」（大正十年）。

この詩行はボードレールの「万物照応」の前半にある「森は親しげなまなざしで彼を見守る」を彷彿させる。逸見は大正十三年にボードレール論を書いているが、暁星中学の初めにすでにボードレール詩集を読んでいた可能性を想像させられる。

2　もとの清浄にかへるやうに祈りたい／俺はおまへに――おまえは俺に「侘しい秋の日暮ちかく」（大正十一年）。

逸見の中に地下水のように流れている謝罪意識の表れのように読める。この思いは後年、より鮮明になったのではないかと思える。全体的な内容は父祖たちへの想いを感じさせる。引用した詩句の「清浄」が祖父へのものなのか、四郎自らのものなのか。宮沢賢治追悼での「清涼への羨望」と童話のテーマがここにモチーフとしてあるような気がしてならない。父祖への鎮魂に読める。

3　私の心に一つの扉がある、／私の眼に二つの窓がある、（略）扉は一人の恋人をよび、／未来をさげて来たこの渕に、／身をなげた錯覚は、／二つの窓に悲しく嘆いてゐる。「幻想の逸眠」（大正十三年）。

詩人への変貌の兆しをみせている。扉と眼と窓は内なる思惟の喩であろう。

4　「ひとりぽつちで」（大正十三年）。

この作品はランボー「永遠」を彷彿させる。

5　一つの機会をあたへたやつは／永遠を捕らへてゐるよ「被宣告者に」（大正十三年）。

これも同じくランボー「永遠」に収められている「また見つかったよ！　何がさ？　永遠」をイメージできる。この頃、逸見はランボー「母音」を翻訳している。

6　俺をこの紫色の闇から連れだしてくれ。「美しい遁走」（大正十三年）。

ランボー「母音」末にある「あの人の眼の紫の光線！」が重なる。見えざるものの気配と自己省察が示されている。作品にある「紫色の闇」は前年の夏に翻訳したランボーの「母音」にある「Oは天のラッパよ、甲高く奇しき響の、天界と下界をつなぐ沈黙よ、――オメガなり、神の眼の紫の光なり！」を連想させる。

7　裸で、俺のこゝろは裸で　あゝ　其処／に立って、あの冬枯れた曠野を／みつめてゐる、／何といふ自然の暴逆―／冬だ　冬だ　冬の曠野に／俺のこゝろはなほも裸でみつめてゐる。「人はうなだれて」（大正十三年）。

ウルトラマリンの背景イメージを想像させる。しかし、ここで書かれているのは単なる北方ではなく心的な喩として表れている。

8　虚ろな壁に小さな穴をうがち／今日も銀色の翼の夢に恐れる私の心よ／そこより情感は瞳をならべ／淋しい旅人の唄をくもらせ／ものさびたこの壁の内部によりて／あすもあすもとすぎゆく心をよぶよ「虚ろな壁」（大正十三年）。

壁の向こうに潜む「見難きもの」「旅人」でもあるものこそ眼鏡の比喩と読める。

9　あゝ　あのにほはしき沙地にまで／悩める鞭の花瓣ちりしき／仄明るい思慕への路傍のたそがれに／僂いのぞみの微笑をのこすとは／古風な笛をふきならし／私のちかくをめぐる幻

影の蹄か「古風な笛への憧憬」（大正十三年）。

古風な笛をラッパと読んだ。ランボー「酔いどれ船」に天界と地界を繋ぐラッパと訳されている詩句がある。後年、満州でのエピソードの中に逸見が壇一雄の辺境への旅への餞別代わりに孤独の時の必須アイテムだと言ってラッパを渡すところがある。このようなことを考えるとこの作品の題名から四郎が若い頃からラッパの故事を知っていたことになる。笛は精神の鎮魂の象徴。

10　「しめつた足」（大正十三年）。

ここにもウルトラマリンの核が見える。

11　彼は青色硝子の小板を求めてきた。／太陽にかざすと、太陽は青くなった。「青色硝子」（大正十四年）。

この青色からはウルトラマリンを喚起することができる。この青は「精神」に繋がっているものと推定した。これはヨーロッパの新思潮やランボー、ボードレールの詩法が影響されたものと思える。「酔いどれ船」にあるウルトラマリンのパラドックスなのか。

12　「魂を商ふ男」（大正十四年）。

この詩行は体制ないし官憲のように読める。

13　**詩稿を破りすてる詩人／たゝかふ　天才　すさまじい／さびしく　あらあらしく　天をまき／風　ほんぽんとして／宇宙を愛すか「風」**（大正十四年）。

「たゝかふ　天才　すさまじい」はランボーをイメージできる。

14　**蒼く恐ろしく震へてゐる海の空に／北へ　北へ　といそいでゆく暗い吐息の／おずおずした哀れな態「悩める海の空」**（大正十四年）。

すでにウルトラマリンのテーマが表れている。まさにおずおずとした少年から精悍な青年に変化する二枚の写真の対比が重なる。

満州で『満洲浪漫』仲間の長谷川濬に「長谷川の時針はやっぱり北を指す」を餞の言葉として贈った。これは長谷川に自分と同質のある一面を見出したものと思える。逸見の北志向は「冬ノ吃水」「檻」にも表れている。三年後に北海道への旅をして「ウルトラマリン――報告」が生まれる。この作品はその兆しと言ってよい。

15　**「青い図面」**（昭和二年）。16　**「秋の封鎖」**（昭和二年）。

この二つの作品は初期詩篇と明らかに違う詩法、視点が表れ、詩人逸見猶吉のスタイルが確立されつつある。

取り上げた詩篇十六篇。がランボー、ボードレール、詩法の進展のもの十四篇、父祖や鉱毒事件を想起させるもの二篇となっている。

これらの結果は文学青年から詩人逸見猶吉になる揺籃期と言える。抽出したこれらは新思潮と邂逅し全く新しい詩法を獲得してゆく軌跡でもある。私の調査ではこの時期に筆名の創案をしている。

わずか二篇しか確認できないが、谷中、あるいは宿縁の作品と読めるものも確認できる。初期詩篇は突然変異と言われる逸見猶吉誕生の軌跡でもある。

※この稿は二枚の写真がもとになっている。それは宮川木末氏所蔵の昭和二年の宮川寅雄とのツーショットと三宅宏子氏所蔵の大正十一年の兄弟との写真である。少年から青年への二枚の肖像の変化を見ていたら、この映像の裏にある詩的変化が見えてきた。つまり、この時期大野四郎が詩人逸見猶吉に進展してゆく初期詩篇が見えてきたことになる。

これらの詩篇は菊地康雄により『定本逸見猶吉詩集』（思潮社）に収録されている。「逸見猶吉を名のる以前の、いわばまだ世に知られていない初期の作品を加えることのできたことがせめてもの喜びである」と書かれている。

研究後記

昭和六十二年に『逸見猶吉の詩とエッセイと童話』（落合書店）、平成二年に栃木県文芸家協会誌『逸見猶吉特集』（編集）、平成二十八年に予稿集『逸見猶吉研究』を刊行した。

その後の研究を栃木県文芸家協会誌『朝明』および五行歌誌『彩』と個人誌『表象七九五四』に寄稿した。今回の研究はこの中から抜粋したものである。

逸見をよく知る皆さん《大野五郎、三宅宏子、永井陽子、大野裕史、菊地康雄、関合正明、近藤博人、茂木繁夫、高橋新吉、岡崎清一郎、三ツ村繁蔵、木暮実千代、森繁久彌》各氏に接することができた。私の宝物である。

今回、資料編に未収録作品を収録できたこと、研究編に逸見詩の中にある谷中村を発見できたこと、筆名の背景を探索できたことが私なりの成果であったと思っている。

亡き高内壮介氏と落合雄三氏に心から、この上梓を報告したい。

長谷川寛、赤上剛、両氏に多大な助力を頂きました。感謝申し上げます。

令和五年夏　　森　羅一

［著者紹介］

森　羅一　（もり　らいち）

1946年　栃木県益子町に生まれる。
1968年　栃木県窯業指導所に勤務。
2006年　長右衛門窯開設、栃木県窯業技術支援センター退職。
現在　栃木県文芸家協会に所属。
著書　逸見猶吉に関する著書3冊、焼物に関する著書1冊、詩集2冊がある。
住所　〒321-3561　栃木県茂木町後郷937（久野守代）

逸見猶吉《へんみゆうきち》　谷中から満州への軌跡

2023年7月17日発行

著　者●森　羅一
発　行●有限会社 随 想 舎
〒320-0033　栃木県宇都宮市本町10-3　TSビル
TEL 028-616-6605／FAX 028-616-6607
印　刷●モリモト印刷株式会社

装丁●齋藤瑞紀

ISBN978-4-88748-422-1

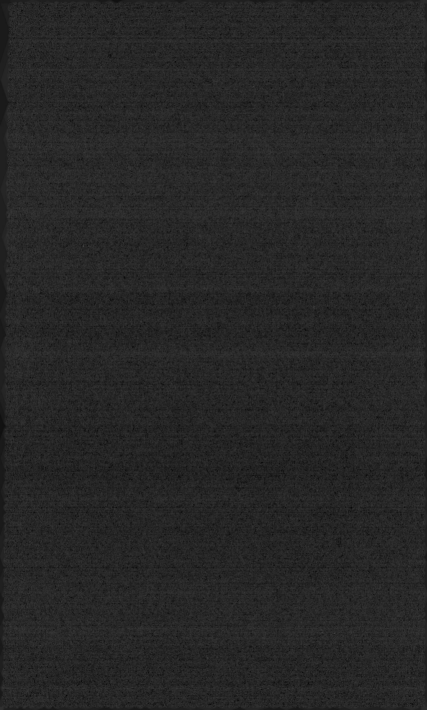